不易の恋

芭蕉庵＊桃青

円上行元
Enjou Yukimoto

幻戯書房

西行の和歌における、宗祇の連歌における、
雪舟の絵における、利休が茶における、
其貫通する物は一なり。

松尾芭蕉――寛永二十一年（一六四四）伊賀国に生まれる。幼名は「金作」。俳諧を好む藤堂良忠に武士として仕えた折、北村季吟に学んで俳諧の道に入り、寛文二年（一六六二）頃「宗房」と号する。良忠没後、江戸へ移り住み、俳諧宗匠となって、延宝三年（一六七五）頃「桃青」、天和三年（一六八三）頃「芭蕉」を名乗る。各地を旅しながら多くの門人を育て、蕉風を確立した。元禄七年（一六九四）没。生涯妻帯はせず、「寿貞」という女性が近い関係にあったとも云われるが、詳細は伝えられていない。

目次

過客の宿

春の夢

旅に病んで

装　丁　真田幸治

不易の恋

芭蕉庵・桃青

過客の宿

一　芭蕉

夜来の雨が降り続いていた。

間断なく芭蕉の枝葉を叩く雨音は、鼓を打つようでけっこう鬱陶《うっとう》しい。

早暁、うす眼を開けた松尾芭蕉は、再びの眠りにつけぬまま床を離れた。

土間へ降り、火鉢に埋めた置き火を掻き出し白湯《さゆ》をいれる。

座敷に戻ると、薄明かりの障子を細目に開け、文机の前に座り込んだ。

芭蕉が日本橋小田原町の住居から初めてこの深川へ移り住んだのは、延宝八年（一六八〇）十月のこと。

およそ十年ほど前である。

その時の庵は火事で消失して今はなく、二度目の庵は、「おくのほそ道」の旅に出るとき人手に渡っていた。

現在のものは、門人の杉山杉風《さんぷう》たちが新しく建ててくれた三度目の庵であった。

まだ新しい木の香りが部屋の中で、ほのかにゆれている。

芭蕉は湯呑みに入れた白湯をすすり、篠突く雨にけむる大川に眼を遊ばせた。

十年前、芭蕉が深川へ移ってきた時、突然の隠棲は、周辺の者たちを驚かした。さまざまな憶測をよんだが、そのほとんどは、市中での宗匠生活に決別し、新しい俳諧の道を極めるための隠棲という解釈であった。

勿論、それも無くはない。

だが、芭蕉を深川へ隠棲させた理由は、それだけではなかった。


「どうかお許し下さいませ。みんな私が悪いのです。桃印《とういん》さんに罪はございません。私はどうなってもいいのです……」

「——一体、何事が起きたのか」

ことの成り行きが呑み込めぬまま、芭蕉は視線を宙に泳がせる。幾ら謝られても、自分の妾の貞《さだ》（寿貞）と甥の桃印が過ちを犯すことなど、どうしても信じられない。また信じたくない出来事である。

芭蕉はことの顛末を思案しながら、暫くは女の泣く声を遠くの方で聞いていた。

それから十年、芭蕉は旅に明け暮れた。

貞享元年（一六八四）、門人の千里《ちり》を伴った『野ざらし紀行』をかわきりに、貞享四年（一六八七）には曽良《そら》と宗波《そうは》を同道した『鹿島紀行』へ。帰庵して直ぐに、途中より杜国《とこく》を伴う『笈《おい》の小文《こぶみ》』へと旅立った。旅の途中から越人と一緒に『更科《さらしな》紀行』を続行し、江戸へ戻ったのは、一年後の元禄元年（一六八八）九月である。

さらに元禄二年には、曽良を連れて「おくのほそ道」の旅を敢行し、故郷の伊賀上野に戻った後、湖西《こせい》の「幻住庵」、京の「落柿舎《らくししゃ》」をおとずれる。

いつしか無住無庵が常となり、旅がすみかとなっていた。

そんな中、弟子の向井去来《むかいきょらい》が、桃印の病が芳しくないと知らせてきた。芭蕉は、再び深川の草庵に戻ることを運命づけられているかのようだった。

十年の月日を経て、芭蕉のこころは別の境地に達していた。

桃印と貞との間には、まさ、ふうの二人の女の子が生まれている。その子らのことも気がかりだ。

幸い桃印は三十歳とまだ若い。

ゆっくり養生させれば病を完治させることも充分出来ようと、こころを新たに、芭蕉庵へ戻ってきたばかりなのである。

二　芭蕉

その日の午後、芭蕉は嬉々として庵を後にした。

臨川庵《りんせんあん》に逗留している仏頂和尚《ぶっちょうおしょう》を訪ねてみようと思ったからである。
四、五日ばかり前、仏頂和尚から、臨川庵に滞在する知らせを受けていたのだ。
「よくぞお越し下さった。どうぞおあがりを……」

庵の入り口で仏頂和尚が、芭蕉の腕を取り出迎える。

太い眉にくるりとした大きな眼。強い精気が世事にもまれ、深く沈潜しているさまが以前にも増してあじわい深い。

「暫くお見かけ出来なんだが、執筆の方は、順調にはかどっておられるかな」

「お陰様で、九分九厘は仕上げることが出来ました。何事も、御仏のご加護があればこそでございます」

神妙な面持ちで芭蕉は云う。

芭蕉の眉には白毛が混じり、頬のあたりは削げている。

旅の水に洗われた皮膚が、渋紙のような光沢を放っているのは、仏頂和尚と似たようなものである。

「この度の旅は、芭蕉さまにとっても身命を賭した旅でござられた。それだけに、生まれる作品も楽しみでござるのう」

「心血を注いで書き上げてはみましたが、出来不出来を、うかがい知ることは出来ません。これが風狂の道を選んだ身の因果でございましょう」

「いや、いや、あの没入は尋常のものではござらなかった。その出来映えも格別なものに違いなかろう」

仏頂は云って、数珠をまさぐる。

庵の外の砂利混じりの庭は、白っぽく乾いている。

止まったような時間がそこにはあった。

「あの時は、本当にご迷惑をおかけしました……」

ようやくして、芭蕉が云った。

「和尚様が、苦しみから逃れるためにもがいてはいけない。すべては時が解決してくれよう、とさとされたとき、なんと当たり前のことを云われるものと、侮蔑したい思いにも駆られました。されど今になれば、それ以外に道は無かったと腹に入ってございます」

芭蕉のしみじみした述懐に、仏頂はこくりと頷いた。

十年前、すがる思いで臨川庵を訪ねたときである。

松尾桃青から、芭蕉と名乗りを変えた頃の彼は、愛憎と嫉妬の劫火に焼かれ、ぼろぼろになっていた。ひたすら座禅を組み、押し寄せる妄想と闘うのだが、追い払っても追い払っても邪念は消えず、劣情の嵐に我を失いそうになる。貞の狂態が脳裡をかすめ、柔らかな肌の感触が血を騒がす。ときには、若い桃印におしひしがれ、四肢を白蛇の如く絡ませて喘ぐ、あぶな絵のような姿態が甦ってくる。

そして激情が去ると、すべてを失った寂寞と悲哀が、芭蕉を絶望の淵に追いやるのだった。

仏頂和尚は、そんな芭蕉の苦悩を知ってか知らずか、何事もないように杜甫や李白、荘子の話を語って聞かせた。特に荘子の〝無為自然〟の道理を説きあかした。

「芭蕉さまに、無心を説くなぞ大それたことをしたものです。しかし、拙僧にもそれ以外、なす術はござらんかった……」

仏頂は苦笑いして、坊主頭を手で撫でた。

三　桃青

十年前、臨川庵に通い始めて、まだ間もない頃だ。

ある日、仏頂和尚は、何も云わず、台所の脇の小部屋へ芭蕉を誘った。

それから尻あてに使う座布団を折りたたみ、「結跏趺坐《けっかふざ》」という足の組み方を説明する。

「ともかく頭を空っぽにし、座っておいでなされ。時々、見に来ますから、安心して、結跏趺坐の修行に励みなされ」

云い残し、仏頂は去る。

とり残された芭蕉は　まさしく置物の達摩《だるま》さながらだ。

達摩大師とまるで違うのは、芭蕉の内面は荒海に漂う小舟の如く、乱高下していたことである。

虚空から真っ先に現れたのは、貞の指だ。

白い指が、何かを摑むように、大きく開かれる。

「ああ、桃青さま」

指を反らせ、それから噛《か》む。

漏れる声を防ぐためなのか、痛みで快楽を増幅させるためなのだろうか、桃青には判らない。

そこまでは、楽しい一齣と云ってよい。

しかし、次の瞬間、すべてが一変する。

自分の姿が、甥の桃印と入れ替るのだ。

桃印は、まだ十九歳。

決して頑健とは云えないが、肌は若々しく、しなやかだ。

唇を抑えていた貞の指はいつか桃印の背を抱き締め、深く爪を立てているのだった。

白日夢の妄想は、止めどがない。

がっくりと肩を落とすと、芭蕉は両足を伸ばして、バタつかせた。

「おや、おや。足が痺れ申したかな」

いつの間に戻ってきたのか、入り口に仏頂が立っている。

配膳を捧げ持つ雲水も一緒だ。

「これ、了念。芭蕉さまの足を揉んでさし上げなさい」

雲水は素早くひざまずき、足裏に手を添えると、ほどよい加減で揉みほぐした。

「あいや、かたじけないことよ。されど、如何にも、心地よいのう」

「それは何より。座禅を組んだ当初は、誰もがかかる痺れでござる。了念に任せておけば、直に、元に戻り申す」

芭蕉の痺れは、足ではない。

こころの痺れだ。

頃あいを見て、芭蕉は足を元に戻した。

「和尚の云われたように、嘘のように痺れが消えましたぞ」

雲水は手水場《ちょうずば》へ行き、手を清め戻ってくる。

根来《ねごろ》の椀に粥が盛られた。

「さあ、芭蕉さま、これは大切な修行の一つとお考えあれ。人間は正しい食事をしてこそ、心身の健康が保てるもの。芭蕉さまは、いささか偏った食事をなされているようにお見受け出来るのでな」

その指摘は当を得ていた。

ここ数か月、芭蕉の胃袋には、真っ当な食べ物は入っていなかった。こころの苦悩や煩悩の嵐が小康を得た時、水と一緒に無理やり、呑み込んだ食べ物ばかりと云ってよい。胃の中は、酸と酢でいっぱいだ。

「芭蕉さま、これを腹に収めなければ、ご帰庵は叶いませんから、観念してお食べくだされ」

芭蕉の参禅の日々は、こうして始まり、半年、そして一年と続くことになる。

雨の日も、風の日も変わりはなかった。

四　芭蕉

「ところで、和尚殿も厄介事を一つ片付けられたとのお話で……」

久方ぶりの再会を経て、話題を変えるように、芭蕉は云った。

「あいや、仏頂も肩の荷を一つ降ろすことが出来もうした。なにさま御奉行相手の交渉事は、時間がかかり申してのう」

臨川庵の仏頂和尚は、もともとは鹿島根本寺の二十一世の住職である。その住職に着任した時、寺領百石のうち五十石を鹿島神宮に奪われるという事件が起きた。

仏頂は直ぐさま江戸へ来て、それが不当であることを寺社奉行の戸田伊賀守に直訴した。

しかし奉行所は、決定は前任者が行ったことで、今更変えることは出来ないの一点張り。話は一向に進まない。仕方なく鹿島に戻り、その旨を告げると、それでは収まらないのが寺の役員たちの反応だ。寺領を半分も失ったら、寺は立ち行かないと仏頂に泣きついた。

それで再び掛けあいに立ち上がった仏頂は、深川臨川庵を足場として鹿島神宮の横暴を、足掛け七年間寺社奉行に訴え続けた。

さすがの戸田伊賀守も、その執拗な懇願には根負けした。ついに仏頂の主張を認めると、鹿島神宮に根本寺の寺領を戻すよう、裁可を下したのである。

「いやはやお役人さまは、厄介な集団でありますな。責任を他人任せにいたすゆえ、ことがなかなか進まんのです。だが、あれで一山越えました。あとは頑極《がんごく》和尚にお願いして拙僧はまた無住の身に戻ることが出来ました」

目を細め、嬉しそうに顔をほころばす。

「それは何より。檀家の方々もさぞや安心されたことでしょう」

芭蕉も同じように微笑んだ。

「ところで桃印さんが芭蕉庵にお戻りとか。病の加減はだいぶよいのかな」

「はい。決して軽いとは申されませぬ。されど桃印はまだ若いので、養生すればきっと本服いたすと信じております」

「拙僧も朝夕祈念いたすゆえ、桃印さんも御仏のご加護にすがるようお伝え下されい……」

仏頂は合掌した。

芭蕉が臨川庵から戻ると、桃印の部屋の障子は明け放たれていた。

近隣の主婦連中も来ているようだ。

庭を横切りながら奥を窺《うかが》うと、枕元に置かれた大盥から湯気が立ちのぼり、上半身裸の桃印の姿が見える。

手伝いの老爺《ろうや》が、主婦たちに助けてもらい、桃印の身体を清めてやっている様子である。

芭蕉は、近隣の主婦に世話を焼いてもらっている桃印が、何となくおかしかった。

桃印には、どうやら母性本能をくすぐるような何かがあるらしい。自分には、そうした要素は微塵もない。それがおかしかったのだ。

自室に戻ると、障子を開けて大川に眼を遊ばせた。三つ又には漁師の小舟が幾隻も浮かび、上流の両国橋あたりでは屋形船や猪牙《ちょき》船が行楽客をのせて横行している。時には、米や生活物資を運ぶ三十石船、お船蔵に出入りする戦艦《いくさぶね》も通り過ぎてゆく。

芭蕉は、そんな大川の活気に満ちた風景が好きであった。大川の流れには喜怒哀楽をのせて往来する、生活の匂いや形が感じられるからだ。

一日の仕事に精を出し、余暇が出来れば、一時の享楽に打ち興じる。人の暮らしとは、それ以上でも以下でもないだろう。

だが、芭蕉の中には、それだけでは満足出来ぬ奇妙な何かがわだかまっていた。それは、子供のときから常に巣喰っていて、村祭りの時など、子供御輿《みこし》に随行しながら、なぜ自分がそこにいるのか、不思議に感じられ、空虚感に襲われたものだ。何をやっても、目の前のことに没入するだけでは、満足が得られない。

貞が、桃印のひたむきな情熱に惹かれたのは、芭蕉のそんなこころのあり方に淋しさを感じたせいかも知れない。

芭蕉は最大限の良識と気配りで貞に接したが、決して夢中になることはなかった。優しくはあっても、惚れてはいない。

桃印は逆であった。

芭蕉が貞にあたえたものはすべて無かったが、芭蕉に無かった一点が、桃印にはあったのだ。

五　桃青

延宝五年（一六七七）春吉日。

松尾芭蕉こと松尾桃青が江戸で暮らし始めて、五年ほど経った頃である。

この日、数え三十四歳の桃青は、新橋の料亭「菊之屋」の階段を上機嫌で踏みしめていた。

二階に上がり、素早く座敷を見渡すと、上座中央に名主の小沢得入《とくにゅう》が座り、まわりに得入の息子の朴尺《ぼくせき》や、高山幽山《ゆうざん》、小西以春《いしゅん》、山口素堂《そどう》、ほかいろんな顔が並んでいる。まだ若い宝井其角《きかく》が父親の東順《とうじゅん》の傍らに座っている姿もあった。

桃青は世話役の得入の前へ行くと、膝を折って挨拶をした。

「本日はまことにありがとうございます。今日のよき日を迎えられたのも、皆さんのお陰です。感謝の言葉もございません」

そこに居並ぶほとんどは桃青の俳諧の仲間である。だが、江戸へ出て間もない桃青にとって、仲間と云うにはあまりに恩義のある人々であった。

「なになに、それは桃青さんの努力と才能がそうさせたまでのこと、これで桃青さんも立派な俳諧の宗匠さね。存分に力を発揮して下さいよ」

得入は穏和な頬をほころばせ、桃青に盃を握らせた。

桃青は三日前に、小田原町の自宅で立机《りっき》の儀を行ったばかりである。立机の儀とは、俳諧の宗匠としてやっていくという旗揚げの儀式のようなもの。この日はそれを祝う祝宴だった。

「まさに強敵現れるとはこのことですな。江戸中の俳人を桃青さんにさらわれるのではないかとみんな戦々恐々です。われらもしっかり気合いを入れないと」

幽山が以春に語りかけた。

幽山は京都で松江重頼に俳諧を学び、八年ほど前から、日本橋本町河岸の自宅で俳席を開いている俳諧師である。

名主の小沢得入は、この幽山に桃青を紹介し、桃青は幽山の俳席で執筆の役を務めたこともあった。

執筆とは、俳諧の席で会員の句を懐紙に書きとめる役である。ただし連衆の句が式目に違反していないかの判断も必要になるため、素人では務まらない。そこで有力な俳諧師のもとで執筆を務めながら、俳諧宗匠になる者も少なくなかったのである。

丁度、二年ほど前のことだ。江戸の俳諧仲間でちょっと話題を呼んだ出来事が起こった。関西の連歌師の大立て者である西山宗因が江戸へやって来て、それを歓迎する百韻興行が大徳院の蹤画亭《しょうかく》で開かれることになったのだ。

連衆は西山宗因を中心に大徳院の住職の蹤画、山口信章《のぶあき》、木也、吟市《ぎんし》、少才、又吟、小西以春、高山幽山、桃青といった顔ぶれである。

この百韻興行へ誘ってくれたのが幽山や以春であったのだ。

「大徳院の百韻興行では、大変お世話になりました。立机の儀が行えましたのも、あの興行へ出席出来たお蔭です」

「何を云うやら。百韻興行も立机の儀もみんな桃青さんの力量あって出来たこと、ここにお集まりの皆さんも、そんな桃青さんの実力を認めている人ばかりなんですから」

小西以春が取りなしたとき、入側《いりがわ》の襖が開き、華やかな声と一緒に、芸妓たちが雪崩れ込んできた。

中央で芸妓たちに囲まれているのは、杉山杉風だ。

「さあさ皆さん、こちらがいま江戸で売り出し中の俳諧宗匠、松尾桃青先生です。粗相《そそう》のないよう頼みますぞ」

杉風は女たちを案配よく座敷に散らせ、数人の芸妓を伴って、桃青の席へやって来た。

「まあお若いのに、俳諧の宗匠さんなんてお偉いのね。俳諧っていうのは、五、七、五と句を詠んで、七、七とつけたりする、難しいアレでしょう」

年嵩《としかさ》の芸妓が、桃青に云った。

「そうよそうよ。よく知っていることよ」

「この頃はずいぶん流行っていて、馴染みの旦那衆の中でも、俳諧をされる方は多いようですよ。俳諧って、なんとなくおつむが宜しい感じがして、おもてになるんです」

「それは知らなんだな。何事にも例外があるから、私には当てはまらぬがのう」

得入があいの手を入れて、周囲を笑わせる。

「それにしても、こちらの御髪《おぐし》の形は格好よろしいなあ」

一番年が若そうなおきゃんな芸妓が、桃青に寄り添い、腕をからませる。

「それは撫で付け髪という髪型だが、すごいのは髪型ばかりではないぞ。おぐしの中はもっとすごい。お前たちも、爪のあかでも煎じておもらい」

と、鯉屋杉風がおどけて云う。

鯉屋こと杉山杉風は、日本橋で魚問屋を営む、幕府御用の大店である。

小田原町に店を構えるほか、幾つもの借家や別荘を持ち、深川には魚を飼育する生け簀もある。

耳に障害があり、身体も決して丈夫とは云えなかったが、誠実な人柄は商売でも大いに信用があった。

桃青が江戸に下った当初から、得入とともに何かと世話をやいてくれる後見人のような門人が鯉屋であった。歳は三十をやや越えたぐらい。

「ねえ、桃青師匠、俳諧の極意というのは、何ですか……」

年若のおきゃんな芸妓が遠慮のない、直截な質問をぶつけてきた。

桃青は盃で一寸唇を湿らすと、おもむろに芸妓の方へ顔を向けた。

門人一同も、思わず真顔で桃青の答えに耳をそばだてる。

「難しい問答だが、強いて云うなら、男と女の手練手管が俳諧の極意ですかな」

「まあ、どうしてなの」

「そうよな。色のみちに真顔はいけません。野暮というか無粋です。惚れているようで、そうでもない。実と虚が背中あわせでくるくるかわる。そんな風情が、色のみちにも、俳諧のみちにも大切になる」

「さすが桃青先生、上手いことをおっしゃいます。俳諧が色のみちに通ずるとは知らなんだな。だから私はいつまで経っても、上達がおそいわけです」

得入の息子、朴尺が茶々を入れると、杉風がすかさず応答した。

「もっと、もっと励まにゃあいけませんなあ」

「あたしも、先生の弟子にしていただこうかしら……」

「あたしも」

「あたしも」

若い芸妓が桃青に寄り掛かるように胸を押しつけると、ほかの芸妓たちも嬌声をあげ桃青の袖を引っ張った。

六　桃青

その夜、会が終わると、得入と幽山がやって来た。

以春と杉風も一緒だ。少し、込み入った話があるらしい。

五丁の駕籠で目的地に向かうと、案内されたのは、富岡八幡宮から、洲崎弁天へ至る道筋に新しく出来た茶屋であった。

この店は、どんな夜更けに顔を出しても、酒と熱い茶漬が提供される。通人たちにまことに都合がよいと、評判をとっていた。

「新吉原が、火事で焼けたため、遊女が出入り出来る料理茶屋があちこちに出来ましてね。後学のためにお連れいたしました」

得入が云う。

他の連中はなじみのようだ。

「それはありがたきこと。女人の世界は縁なき素生ゆえ、勉強になります」

桃青は、好奇の眼で周辺を見渡した。

「正直なところ、桃青さんは、決してこちらの世界に通じているとは申せません。うちの卜尺や杉風さんなどは、三つも四つも年下なのに、達者なものですから」

「喩《たと》えが悪いですね」

杉風が柳のように片手を振るが、すぐ真顔に戻り、

「それではさっそく、本題に入ろうではありませんか」

得入を促した。

「今回の立机の儀は、俳諧の宗匠として最高の儀式でした。これで桃青さんの前途は洋々たるものです。まあ、それはそれとして、もう一つ課題があります。何だとおもいますか?」

「…………」

「それは、身を固めることです。よい機会じゃないかと、意見が一致したのです」

得入は、皆の顔を見る。

すかさず、以春が反応した。

「桃青さん、先ほどの俳諧の極意じゃありませんが、男女のことは、気持ちが一番です。ここさえ押さえれば、これ以上簡単な話はありませんよ」

小西以春は桃青より数年早く江戸に出てきて、宗匠としての地歩を固めた。得入、幽山、杉風への橋渡しや、根回しなど、小まめに世話をやいてくれている。

「桃青さんに、こんなこと云うのは、いささか、気はひけますが……」

ひとりうなずき、口を開いた。

「その段取りは、私たち皆でやりますから、桃青さんは、世帯を持つ気持ちさえ固めてもらえばよろしいのです」

「この辺りが、年貢の収め時ということにして……」

杉風が、けしかける。

「悪いことは云わない。私たちに任せて置いて下さいな」

因果を含める口調で得入が云い、目配せをする。

全員がうなずいた。

瀬戸焼の薄手のどんぶりが、直に運ばれてくる。

香のものは、蕪《かぶ》の浅漬けと、種を抜いた梅干しだ。ほうじ茶とだし汁の味加減が、格別な風味を醸し出していた。

「酒宴を茶漬けでしめるというのも、粋ではありますな」

幽山が云う。

「わび、さびですか」

と、杉風。

「しかし何ですよ、茶漬けもさりながら、問題は、この香のもんです」

得入が続ける。

「何か……？」

以春は怪訝な眼で問いかけた。

「いやね、海浜に打ち上げられたナスやキュウリを漬物にして、一財産築き上げた河村瑞《ずい》軒《けん》のことですよ」

河村瑞軒とは、幕府が抱える難問を一手に引き受け、今や飛ぶ鳥を落とす勢いの豪商である。

だが、まだその日暮らしだった瑞軒が、最初に手がけた商売は、お盆の後、海辺に打ち上げられた野菜類を漬物にして、日雇い人夫に売りさばくことだったのである。

そして小金をため込んだ瑞軒が、知恵者の本領を発揮するのは、明暦三年（一六五七）の大火のときだ。江戸の材木が払底するのを見越し、木曽の山奥へ出向くと、材木を買い占めた。それを江戸へ運んで、巨額の富を手中にしたのだ。瑞軒三十九歳頃のことである。材木のみではない。日本海側の産物を安全に江戸へ運ぶため、西回りの海路を整備したのも、この男なのだ。

「杉風さんは、瑞軒殿と面識はおありなのですか？」

幽山が云う。

「さほど昵懇《じっこん》ではありませんが、城中で会釈を交わす程度の面識はありますよ……」

「それは好都合。何かの折に、一度ご紹介いただくわけには、参らぬかの」

「お安い御用です。瑞軒殿のご子息は、俳諧に夢中だという噂もあります。近いうちに機会を作りましょう」

杉風は快く引き受けた。

桃青より世間知という面では数倍上手である。

瑞軒が幽山に胸襟を開けば、次は桃青、という思いも、杉風にはあるのだった。

「綱吉公が将軍になり、大奥の空気はどうですかな？」

以春が問う。

「お犬様騒動を見ての通り、大変な、さまがわりと云えますね。華美、贅沢は当たり前。綱吉公と桂昌院さまのご意向に逆らうことは、ご法度で、一切出来ません。私たち商人には好都合と云えますが、先のことを考えると、うかうかしては、居られません」

「なるほど杉風さんらしい観察ですね。桃青さんが信用されるのも、その辺にあるのでしょう。私などとは、大いに違う」

そんな世間話を聞きながら、桃青は思うのである。

河村瑞軒のように、おのれの才覚一つで、巨額の富を動かし、人々の役に立つ事業を着実に実行している人物もいるのである。

そうした実利世界にくらべるなら、自分が没入している俳諧などは、まさに虚であり、算盤勘定は、決して成り立たぬ世界である。

その一点だけを見つめれば、暗澹たる気持ちにならざるを得ぬ。

しかし、隣国の中国には、後宮三千の美女を擁する皇帝を尻目に、酒と詩文に命を削った李白、杜甫や、無為自然の道を説いた老子、荘子などの生き方もあるのである。

自分が向かうのは、むしろそこではないか？

金銀財宝が全ての現世的世界ではなく、現世を超えた価値の創造に重きを置く、不易《ふえき》の世界を目指すことも無意味ではあるまい。

となれば、後は女である。

普通に考えれば、妻をめとるのが順当な道筋と云える。だが、世間と同じように妻をめとり、家庭を持つことには、何かしら気持ちの上でそぐわぬものがある。

ならば妾を持てばよいではないか。

得入、杉風、幽山、以春らの薦めに従い、妾を持つことも、重要な選択枝の一つかも知れない。

幾分、こころ動かされたのは確かであった。

七　桃青

それから二年後――。

桃青の住居には、新しい家族が増えていた。

「お帰りなさい」

夕刻、桃青が出先から家に戻ると、玄関脇の路地から駆け出してきたのは、二郎兵衛だった。

泥で汚れた手をぶらりとさせたまま、桃青の前に立つ。つぶらな黒目を見開くと、下から桃青の顔を窺った。

「おや、お母さんは？」

「近くへお買い物だい」

「おまえは一人でお留守番かい？」

「うん……」

こくりと頷く。

桃青はそのまま仕事部屋に戻り、着物を着替える。

縁先に出ると、二郎兵衛は生垣の下で、さっきまでやっていたらしい遊びを続けていた。

「それはなんだい？」

「お城だよ」

「そうか、お城を作っていたのかい。一人でお留守番とは、なかなか偉い」

桃青は二郎兵衛を手招き、懐紙に小銭を包んで握らせる。

「お母さんには、内緒だよ」

「あの……」

はにかんだ表情で、それを懐へおし込んだ。

「二郎兵衛は、大きくなったら何になるのだい？」

「おいらは大工になって、大きな家をお母さんに建ててやるんだい」

「それはいい、もう少ししたら、手習いの勉強でもしなけばなあ」

珍しそうに二郎兵衛が　濡れ縁に半歩ほど近づいたとき、

「二郎兵衛、お前そこで何をしているのだい。お仕事のお部屋には近づいちゃあいけないって云ってるでしょう」

厳しい叱責の声が空気を震わせた。

いつの間に戻ったのか、野菜を盛った籠をかかえた貞が立っている。いまにも打擲《ちょうちゃく》せんばかりの恐い顔つきで二郎兵衛をねめつける。

二郎兵衛は、逃れるように桃青の方へ身を寄せた。

「いやいや、二郎兵衛が悪いわけじゃありません。二郎兵衛をここへ呼んだのは、この私なんだから」

「本当でございますか」

「本当だ。その生垣の下を見てごらん。二郎兵衛はあそこでお城を作って遊んでいたんだよ」

「それなら安心なのですけど。もしや、お仕事のお邪魔になったのではと思いまして」

貞は険しい顔を緩めると、

「さあ、こちらへいらっしゃい」

二郎兵衛を連れて台所の勝手口の方へ姿を消した。

貞母子が、初めて桃青の家にやって来たのは、一昨年の春である。

二人に対面した時、桃青は江戸見物にやって来た親戚の母子を迎えるような気分だった。

このとき、貞は三十一歳。

二郎兵衛は六歳ぐらい。

母親の膝にもたれかかって、甘えていた。

桃青は、家の中を案内した。

階下には部屋が二間と土間の勝手場があり、二階に二間ある。

二階の奥の部屋には、貞が持ってきた簞笥《たんす》や鏡台、弟子たちから贈られた調度品が置かれてある。一階の土間には竈《かまど》が二つ。土間からは小さな裏庭へ続いていた。

桃青は貞母子を案内しながら、喜びに満ちた不思議な気分を味わっていた。その一方で、幾分うしろめたい気持ちが介在するのも禁じ得なかった。

貞と桃青との関係が、妾奉公という金銭が絡む結びつきだったからである。

しかし、妾奉公は大人の男女が納得しあった約束事で、決して無理矢理強いた仲ではない。世間には幾らもある。それで母子の生計が成り立つのであれば、一つの生きる方途と云えるものであった。

貞に子供がいることが、桃青にはむしろ新鮮であった。

その日以来、一日一日と過ごすうち、わだかまりは自然に溶けて、桃青の中で、貞は大きな存在となっていったのである。

「杉風さんからのいただき物です」

台所から戻った貞が、手にしてきた盆を静かに置く。

盆の上には茶飲み道具とうぐいす餅がのっている。

桃青がうぐいす餅を無造作に口に頬張ると、表皮にまぶされた白粉が、おしろいのように口元に付着した。

「あら、あら……」

貞はおかしさを噛み殺す表情で、懐紙を取り出すと、桃青の前に差し出した。

「桃印はどうしたい？」

「さっき、朴尺さんがやって来て、一諸に出かけたみたいですよ」

「桃印も少しずつ江戸の水に慣れてきたようで、結構なことよ……」

「一番喜んでいるのは、二郎兵衛ですよ。まるで兄さんみたいに一人占めして」

「それは上首尾だ」

桃青は、うまそうに茶をすすった。

桃印は、桃青の姉の息子である。

四歳の時に父親を亡くし、寡婦の姉が兄の半左右衛門の援助を受けながら養育していた。

桃青はそんな桃印の将来を考えるにつけ、江戸で自立するのがよかろうと、延宝四年（一六七六）六月、初めて郷里の伊賀上野に帰郷した際、桃印を同道して江戸へ戻ったのだ。

「おお暑い、暑いねえ、今日は……」

玄関の引戸が開くと同時に階段を駆け下りる音が続き、甲高い子供の声が聞こえてきた。

「桃印のおじちゃん、早かったじゃないか」

「ああ、万事上手くいったんだ」

「噂をすれば、何とやら……」

桃青は云って、肩をすくめる。

「只今、戻りました」

障子が開き、桃印の顔が現れた。

「ああ、ご苦労だったね。朴尺さんはなんの御用でお見えになったのだい」

「はい、今度の仕事でお世話になる、人夫頭の家へ挨拶に伺う御用でした」

「それはよかった。朴尺さんはお前を可愛がって下さっているようだから、粗相のないようお仕えするのだよ」

「はい、それで人夫のお頭からお駄賃をいただきましたので、二郎兵衛にあめ玉を買ってきました。残りがこちらです」

桃青の膝元におひねりを置く。

「ほほう、お前も少しは皆さんのお役に立てるようになって、結構なことだ。これはお前が預かっておき……」

それを桃印に握らせる。

「一休みしたら、朴尺さんとは別に、名主の得入さんにも報告しておくことだね」

「はい。判りました」

桃印と二郎兵衛が二階に上がると、二人の快活な笑い声が階下に漏れてくる。

桃青は目をほそめて、ひとりうなずいた。

八　桃青

桃青の書斎は、細長く変形した八畳間だ。

座敷の外は、隣家の板塀がすぐ近くまでせまり、その内側につつじやら、楓《かえで》、青桐《あおぎり》などが、気儘に植わっている。

井戸脇の紫陽花《あじさい》は、桃印が植えたものだ。

桃青は書きかけの手紙の筆を置くと、一息入れ、ごろんと後方へ転がった。

座布団を二つに折り、頭の下へすべり込ませる。手足を伸ばすと、ゆっくりした血のめぐりが実感出来た。

しばらくして、台所の方から何やら音が響いてきた。菜っ葉でも刻んでいるのか、包丁とまな板が触れあう小刻みな音だ。

桃印と二郎兵衛は出かけているようだ。

まな板の音が、静寂を際立たせる。

幸福であった。

それは、これまでの生活で、味わったことのない感覚と云えた。

欠けたものが何もない空気が、この貧弱な空間に充満しているのだ。

「貞」

小声で呟いてみる。

女とは不思議な生き物だ。

世界を変える力を持っているのだから。

「貞」

もう一度、呟いたとき、障子が小さく開く。

「お呼びでございますか」

「いや、熱い茶が欲しくなったもので……」

どぎまぎし、とぼけた声を出す。

呟《つぶや》きは、独り言を超えた大きな声になっていたに違いない。

桃青は内心、赤面した。

茶が運ばれてくる。

桃青は書き物を隅へ寄せて、机上を整えた。

「二人はどこへ出かけのだね？」

「得入さんのお宅です。ご用がすんだら、浅草観音へお参りに行くとか云って」

「ふん。仲よしなのだな」

「本当の兄弟みたいで、助かりますわ」

茶受けは甘納豆だ。

最近、茶を飲むときは茶菓子がつく。桃青は甘いものに目がない。

ひとしきり指を伸ばし、口へ運ぶ。

貞も甘党だ。桃青と同じように、指を伸ばす。

二人とも、無言だ。

器が空になるまで、それが続いた。

「ああ、美味しかった」

最後の一粒を桃青に残し、貞は満足そうに微笑んだ。

「甘いものが気がねなく食べられるなんて、こちらへ来てからですもの」

「それは、私も同じだよ」

桃青は六人兄弟の三番目だ。

上に姉と兄、下に三人の妹がいる。

優しい桃青は、いつも自分の分を、妹たちにわけてやったものだ。

熱い記憶が、ふと過去へ逆流しそうになる。

それを押し留めるように、茶をごくりと呑み込んだ。

再び、幸福感が甦った。

中心にあるのは、何と云っても、眼の前の貞の存在だ。

湯呑に口をつけ、茶を啜《すす》る花びらのような唇を、どう表現したらよいだろう。

美しい。

その美しさは、貞のものである。

しかし、貞だけのものではない。それは桃青の欲情が作り出した幻影でもあるのだから。

貞の指が湯呑から離れるのを待ち、桃青は背後へにじり寄る。

「ああ、何をなさいます」

「言葉は不要じゃ」

「でも、困ります」

「困ることは、何もない」

言葉を封じるように、唇を強く吸う。

八つ口から手をいれると、乳房を上からしっかり抑えた。

そのまま動かない。

「旦那さま。お願いです」

「何だね」

「二郎兵衛たちが帰ってきたら、どうなさいます」

「浅草観音へ行ったのじゃ、なかったかい?」

「予定が変わることだって、ありますわ」

「それは、理屈だ」

「だから、お願いでございます」

「…………」

桃青は名残り惜しそうに、八つ口から手を抜き出す。

「では、立ってみておくれ」

「ええっ？　立つのでございますか」

「そうだ。後ろ向きに立ってみてくれないか」

貞は仕方なく、もじもじ立ち上がる。

一歩前へ出て、振り返った。

「これでよろしいですか？」

「うん。結構、結構」

上機嫌で、目を細める。

「貞、お前は、英一蝶《はなぶさいっちょう》を知っておろう」

「絵のお上手なお方？」

「そうだ。句づくりはもう一つだが、絵を描く腕前は天下一品だ」

「一蝶様が、どうかなされましたか」

「奴は今、遊郭に入りびたり、遊女相手に色んな恰好をさせ、一筆書きをしているというのだな」

「まあ、そんな」

十日ばかり前、桃青は杉風の屋敷へ出向いた。その時に聞いた話だ。

それからさらに十日ばかり前のこと、其角、嵐雪《らんせつ》、一蝶が杉風のとこへやって来て、ひとしきり飲んだことがあったらしい。

そこで一蝶は、一筆書きの話をしたというのだ。

「着物を着たままで描くのかい？」

其角が混ぜ返すと、一蝶は得意げに鼻を膨らませた。

「時々の気分ですね。まる裸のときもあれば、胸や尻を出させて描くときもある。自分の好みで云えば、まる裸より、着物から普段ではあり得ない箇所が露わにされたときが、一番いいようだね」

そう一蝶の言葉を紹介して、杉風は継ぎ足した。

「今度、やってみようと思いながら、まだ、実行してないのですよ」

桃青は、その一件を思い起こしたのだ。

あの実直な杉風がそんな妄想に駆られるとは不思議であった。

男とは、元来、そんなものなのか。

「そのまま、膝を着き、前かがみになってくれまいか」

「…………」

「わしも一蝶や杉風のようにやってみたくなったのだ」

「そんな……」

貞は、首を振り、嫌々をする。

途方にくれたそぶりで身をくねらせた。

「恥ずかしいだろうが、やってごらん。人間自然に忠実であることが、一番、大事なことなのだから」

「これが自然と、どう結びつくのです？」

「強いて云えば、人間も動物と同じ部分があるのが自然ということだ。いやいや、人間は動物とは違うと感じることも大事だな」

ほとんど支離滅裂と云ってよい。

「旦那さまは、どちらなので？」

「今は、動物に近いかのう」

こころ定めた感じで、背後に寄る。

「お前、幾つになったかな？」

「はい。三十六歳になりました」

「そうか、花に喩えれば、蘭の花が咲き誇って、お天とさまを、ギラギラ光らせている時分だな」

「何のことでございます」

「うん。判らんでもよい」

尻に当てた手を、太腿へずらしながら上下させる。

「よいか、動いてはならぬぞ。これは神さまがわしとお前にあたえた試練のようなものだからな」

「…………」

「わしは一蝶の話を聞いて、感じるところがあったのだ。一蝶は絵師でわしは俳人だから違うと云えば、違う。しかし、人間は、こころの思いをあるがまま受け止めねばならぬことは、絵師も俳人も変わるものではない」

「…………」

貞は要領の得ぬ顔を後ろに向ける。

「まだでございますか」

「そう。まだだ。二人の試練は、これから続く……」

重々しく云って、着物の裾から両手を差し入れる。膝で抑えられた前身ごろは、簡単に開くものではない。

桃青は無言だ。

ふくらはぎから、内腿へ両手をすべらせ、前身ごろをはだけようと力を込める。

そうかと思うと、擽《くすぐ》ったりもする。

「旦那さま、何をなさいますか」

「うん。自分でもよく判らぬ」

「そんな、ご無態な」

「ならば、裾がまくり易いよう身体を動かしてくれまいか。さもないと、地獄に落ちてしまう」

貞は、思わず身をくねらせる。

「そう、それでよい」

貞の助けを得て、裾の両端を神妙に左右にたくし上げる。

尻の半分を露出させたところで、ずり落ちないよう帯の中へ差し込んだ。

「うん。それでよい。それでよい」

はしゃいだ声を出す。まるで童児だ。

「私が地獄に落ちてしまいます」

貞が悲鳴を上げる。

「これが試練でございますか？」

「そうじゃ。恥ずかしいのは、お前だけではない。わしも恥ずかしいのだから」

桃青は、讃嘆に眼を輝かせ、息を弾ませる。

「お前には判らぬかも知れないが、その尻の美しさは、日輪のように神々しいのだよ。この世のものとは思われぬほどにな。しかも、その美しさに出会い、こころに刻み込めるのは、ほんの偶然がもたらした僥倖と云ってよい。

わしは一蝶の戯言に刺激され、お前に恥ずかしい思いをさせてしまったが、お前がくれたこの瞬間、尻の美しさは、永遠にわしのこころに残り、美しい俳諧をつくる礎になっていると、思って欲しいのだよ」

「……旦那さまは、やっぱり言葉の魔術師でございます」

「それが叶えば、よいがの」

九　桃青

三日後の昼下がり――。

神田川の水面は、真夏の陽光をギラギラと、反射させていた。

川の中域や土手のあちこちで、褌《ふんどし》姿の男たちが蟻のように群れ、作業に余念がない。

川底を浚《さら》う男たちは、掘り出した土砂や塵芥を筏《いかだ》の上に高く積みあげ、筏がいっぱいになると、土手の方へ寄せていく。土手の人夫たちはそれをモッコで荷駄に運んでいた。

「この分だと、あと数日もすれば、すっかり綺麗になりそうですな」

名主の小沢得入が、扇子で陽射しを除けながら、桃青を振り返る。

「去年よりも、三日は早そうですよ」

控え帳に、桃青は機敏に筆を走らせた。

神田川の浚渫《しゅんせつ》は、川沿いの各町内が区割りした担当部分を、持ち回りで行なう事業である。毎年、三百人ほどの作業員がかり出され、神田川用水の清浄さは保たれている。その世話役の総代が名主の得入で、桃青はそれを二年前から手伝い始めたのだった。

桃青の仕事は、各町内から派遣された人夫たちの作業記録をつけることだ。朝、顔を出したのはいいが、途中からいなくなる連中や、仕事をせずに遊んでいる人夫たちを見張ることも必要である。云ってみれば、現場監督を兼ねた記録係である。とても一人では手が足らず、今年からは甥の桃印の手を借りるようになっていた。

「どうやら小網町が一番早く、明後日には仕上がりそうな勢いですよ」

川べりを巡回し、様子を見てきた桃印が報告する。

額に汗を滴らせている。

「そいつは嬉しいね。桃青さんにすっかりお任せしてしまいましたが、これなら安心だ。恥ずかしながら、倅の朴尺に任せたらこうはいきません」

「何をおっしゃいますか。長いあいだ世話役を務められてきた得入さんの人徳あればこそのこと。私や、桃印が無事に暮らしていけるのも、得入さんにお世話いただいたお陰です」

云いながら黙礼すると、甥の桃印も坊主頭をぺこりと下げた。

「桃青さん、よして下さい。私は還暦もまぢかだし、倅の朴尺は道楽者です。頭を下げなければならないのは、私の方ですから」

三人は川原の茶店で一休みし、桃青は桃印を残して帰路につく。

のんびり堤を辿ると、川風が頬に心地よい。

新鮮な気分とともに最近引っ越した、浚渫現場に近い新居に戻ると、貞は二郎兵衛を盥に入れ、水遊びをさせていた。

裸の二郎兵衛が水鉄砲を母親に向けると、両手をかざし逃げまどう。

「これ止めなさい」

しかし、避けそこなった水滴が、貞の浴衣に命中する。

「ひゃー、冷たいじゃないか」

叫び声を上げながら、それでも、からかうような仕草で挑発する。

何度も水滴に撃たれ、貼りついた浴衣の下から、太腿や乳房のあたりの輪郭が透けて見えてくる。

桃青はどきりと胸を打たれながら、開放された母子のやりとりに心地よさを感じていた。

「あら、お帰りでございましたか」

桃青に気づいた貞が、あわてて駆けよってくる。

「あまりお天気がよいもので、少し遊んでしまいました」

「気にすることは、何もない。二郎兵衛や、お母さんに、もっと水をかけておやりよ」

自室で着替えていると、貞がやって来る。

濡れた浴衣から透ける肌が艶めいて見える。濡れた部分が肌に触れると、ひんやりした感触が伝わってくる。

桃青は思わず、胸元に手を差し入れ、強く握りしめる。あらがうことも、受け入れることも出来ないまま、貞は身を固くし、時が流れる。

桃青は意地悪く、指先で乳首をつまみ上げてみたりもする。

「あ、あ、あ……」

せつなげな声を残し、くるりと身を翻すと、台所の方へ逃げ去った。

その夜、桃青は待ちかねたように、貞の身体をむさぼった。

十　芭蕉

桃印の病は、一進一退のまま、変化はなかった。

手伝いの老爺や、近所の主婦たちは、気軽に桃印の部屋へやって来て世話をやいてくれている。

芭蕉も出来るだけ桃印の部屋に顔を出し、桃印を力づけた。

元禄五年（一六九二）はこうして暮れていった。

明けて、芭蕉は五十歳。

昨年九月から来庵している膳所《ぜぜ》の門人の洒堂《しゃどう》（珍碩《ちんせき》）が、芭蕉とともに新年を迎えていた。

「こんな風に芭蕉庵で新年を迎えられるのは、門人冥利に尽きるというものです。またとないめぐりあわせを、終生の思い出として、こころにとどめて置きたいとおもいます」

　酒堂は、赤らんだ顔に感激の色をにじませる。

「なんの、遠慮はいるものか。世話になるのは相身互い。わしも先年、膳所では皆さんにお世話いただいたし、今だって、いろいろ無心を乞うて生きのびている身だからのう」

　芭蕉は身をちぢめ、肩をすくめた。

「おくのほそ道」の旅を終え、伊賀上野に戻った芭蕉は、その後すぐ、大津や京周辺を遍歴した。膳所藩の菅沼曲水《きょくすい》の斡旋で幻住庵に寝起きしたり、湖西の堅田《かたた》や義仲寺《ぎちゅうじ》の草庵で俳席を設けたり、去来の世話で、嵯峨野の落柿舎に滞在したのもこの折のことだ。

　いずれの滞在も、門弟たちの篤実な世話がなければかなわぬことなのだ。

「そう云えば、幻住庵に滞在した折には、貴殿から小提灯と蠟燭を頂戴しましたな。月のない時分にはとても重宝しましたよ」

「そんなこともありましたっけ。あの頃は、眼病を患い、しばらく京に行っておりました。戻ったばかりで充分なことも出来ないまま、失礼をいたしました」

　芭蕉は、石山の背後、国分寺跡の山麓にひっそり建つ幻住庵を思いおこした。

　その閑寂な草庵では、思う存分もの思いにふけることが出来たものだ。

「わが家に居るように、いつまでも気兼ねなく逗留を続けてくだされい」

芭蕉は洒堂をねぎらった。

桃印の部屋をのぞくと、小康を得た桃印は、屠蘇《とそ》にほんのりと頬を染めている。

介添えの老爺がミカンの皮をむいてやっていた。

「新しい年を迎えて、気分はどうかな?」

桃印の枕辺に座わり、話しかける。

「お陰さまで、よい正月を迎えさせていただきました。こんなにゆっくりした気分になれるのは、久しぶりのことです」

桃印の口元から白い歯がこぼれる。

庭先から瑞々しい光が、部屋の中程まで射し込んでいた。

「家族のことは心配いたすな。みんながうまく行くように、考えているからな」

「おじさん、本当にすみません。これで安心して、冥土へ旅立てます。思い残すことはありません」

「そんな気弱なことでどうするのだ。早く元気になって、もう一度みんなで出直すのだから……」

芭蕉はことばを詰まらせ、桃印の手を取った。

十八歳前後の頃の桃印は、色白で細面の青年だった。二郎兵衛を弟のように可愛がり、身体を活発に動かし、気もよく遣う。

江戸の水にも慣れ、みんなに好かれる愛嬌を持っていた。

貞との過ちがなければ、それなりに幸福な生涯を送れたに違いない。

「元気になったら、みんなで花見にでも出かけよう。楽しいことを考えて、精気を貯えることが一番だからのう」

そんな所へ、桃隣《とうりん》が新年の挨拶にやって来る。桃隣は、関西で売れない俳諧師をやっていたが、桃印の遠縁にあたるため、少しでも桃印の支えになればと芭蕉が呼び寄せたのだ。桃印とは馬が合い、よく世話をやいているようだ。

その後からは、杉風や得入、嵐雪や史邦《ふみくに》、蚊足《ぶんそく》など大勢の門人たちが年賀に訪れ、どこでも見かけられる晴れやかな正月風景となった、

十一　金作

正月が過ぎ、松も取れた一月中旬である。

芭蕉は、ふと、森川許六《きょりく》を訪ねてみようと思い立った。

森川許六は、昨年八月、桃隣の手引きで芭蕉庵にやって来た、二百石取りの彦根藩の藩士である。

十八歳で俳諧をはじめた許六は、京の北村季吟に師事したこともあり、和歌、漢籍の素養もあり、風雅の道も進んでいる。

持参した数句を一読し、入門を許したのだった。

「先日は、あいにくの不在で申しわけないことでした。小出淡路殿のお屋敷に招かれておったもので……」

座敷に通されるとまず、芭蕉は四、五日前、許六が来庵したときの不在を詫びた。

「いいえ、お約束もせず、勝手に伺ったわたくしがいけないのです。時間がすこし出来ますと、矢も盾もたまらなくなりまして……」

許六は頬をほころばせ、はにかんだ。

彦根藩士である許六は思うようには外出が出来ない。だが、入門を許された許六は、暇を見つけては芭蕉庵を訪れ、芭蕉の謦咳《けいがい》に触れることに喜びを見つけていたのだ。

「今夜は、ごゆるりしていただけますのでしょう?」

「そのつもりでは、来たのじゃが……」

赤坂にある彦根藩中屋敷では、手入れの行きとどいた樹木が、形よく空間を区切って、枝葉を伸ばしている。梅の古木は小さなつぼみをつけ始めていた。

芭蕉はふと、伊賀上野の藤堂新七郎の屋敷に伺候しているような思いにとらえられた。武家屋敷の格式と雰囲気がそんな錯覚を誘ったのであろうか。

森川許六は、三十六歳。

決して頑健な体質ではなかったが、武士らしい強さが内面にある。

許六のそんな人柄が藤堂新七郎と二重写しになっているのかも知れないと、芭蕉はほろ苦い思いを嚙みしめた。

「わしも若い頃、武士を志したことがあったのだよ。わしは武士の家柄ではなく、武家奉公の身分だったから、主人が二十五歳の若さで亡くなった時、武士の道は捨てたのだが……」

「お噂はうかがっております。蟬吟《せんぎん》と号されて、北村季吟先生に俳諧を学ばれたお方とか」

「そうよ、そうよ。その蟬吟さまから俳諧の手ほどきを受け、あなたの師匠でもあった季吟殿の門人にさせてもらったのだからのう」

芭蕉は物思いにふけるように遠くを見つめ、おし黙った。

――承応二年（一六五三）、初春である。

白亜の壁が目に痛い。

その城は平城で天守閣はなかったが、長屋育ちの十歳の少年にはまるで別世界のような、威圧感をあたえるに充分なものであった。

父親の松尾与左右衛門と町の世話役に連れられ城に登った金作は、長い間、広い座敷で待機させられた。

金作とは芭蕉の幼名で、十九歳の時に主家の藤堂新七郎から「宗房」の名をあたえられるまで、それが芭蕉の名前であった。

金作のほかにも、十歳前後の少年が四、五人かしこまり座していた。

しばらくして上段の間に、堂々と着飾った武士の親子が姿を現す。伊賀上野の城主であり、藤堂家の侍大将である藤堂新七郎良精《よしきよ》と嫡子の藤堂良忠《よしただ》である。

「みなのもの、大儀であった。これから仲ようたのむぞ」

城主藤堂良精がにこやかな表情で一同を見渡し、良忠が小さい顔をうつむける。

それに合わせて、金作たちも平伏した。

芭蕉の先祖は、藤堂高虎が伊賀上野に入封したとき、準士分格にとりたてられた柘植《つげ》村の中農の家柄である。小姓《こしょう》として良忠に仕える、ほかの士分の子息より身分が低い。それだけに金作は忠勤に励んだ。

そして金作が十三歳のとき、父親が他界するに及ぶと、不憫に思った良忠は、とくに金作を可愛がったのである。

そんな良忠はどちらかと云えば蒲柳《ほりゅう》の質だ。

武芸よりは書籍、手習いの方が性に合う。

叔父の影響で、京の北村季吟に師事した良忠は、「蟬吟」の俳号をあたえられる。そして俳諧で才能を発揮する金作に「宗房」の名をあたえ、役職も御台所御用を務めさせたのである。

だが、好事魔多し。

寛文六年（一六六六）、二十五歳となった蟬吟は、いよいよ家督相続するばかりのとき、突然病死してしまう。

そもそも宗房は、藤堂新七郎良忠の近習として尋常ならぬ寵愛を受け、立身の道が開けていた家来である。主君亡き後は、その将来は閉ざされたも同然であった。

深い喪失感に打ちのめされた宗房は、残された主君の俳文、遺品などの整理をし、その遺髪を高野山に奉納すべく旅に出たのであった。

旅の途上、蟬吟と過した格別の時間が、思い出されてくる。何と云っても、俳諧の世界に目を開かせてくれたのは蟬吟である。

言葉が色や匂いを持ち、こころの琴線をあるがままに描き得る言霊の神秘を教えてくれたのが、蟬吟なのだ。

いや、もう一つある。

同性同士の肉体の触れあいが生みだす、甘美な陶酔へと誘ってくれたのも、蟬吟だったからである。

十二　宗房

高野山——。

その奥の院に続く参道は、漆黒の闇の中に沈んでいる。

中空に月はかかっているのだが、鬱蒼と茂る樹林にはばまれ、月明りは地面に届かない。

宗房は、半時も歩かぬうち、恐怖に似た戦慄を背筋に感じ始めていた。

眼が慣れるに従い、風景がおぼろに浮かんでくる。

周辺は、すべて墓だ。ただし、あまりに巨大で、荘厳さが強調されているため、墓とは思えない。むしろ、御伽草子の怪物に近い。

その怪物の群れが、今にも、自分に襲いかかって来そうに見えたとき、宗房は、その場に立ち尽くした。

「奥の院まで行き、戻ってくるには、慣れた人でも一刻はかかります。その間に、この世のこととは思えぬ地獄の恐怖に何度も襲われます。軽い気持ちで出かけるのは、止めた方がよろしいでしょう」

昨夜、厄介になった宿房の雲水は口をゆがめて説得する。

宗房と同じ位の年恰好だ。

そんな若造の戒めを、素直に聞くのも業腹ではないか。

そこで小坊主の忠告を無視し、出かけてはきたものの、今や、後悔するばかりだ。しかし、時すでに遅しである。

宗房は、気持ちを入れ替える。

どんなに遅い歩みでも、一歩、また、一歩と前へすすめば、必ず、目的地に到達出来るのが道理である。

「よし、よし」

自分自身に云い聞かせる。

しばらくはカタツムリとなって、前かがみの姿勢で闇と悪路との格闘に没頭するしか術はない。

そのときだ。

前方に、白い装束がふわふわと浮き上がったのだ。

幽霊か？

そうではない。

雲水の意地悪い言葉が現実となって現れたのだ。

「奥の院には、呪い釘と云って、夜毎にワラ人形に釘を打ち込み、呪い殺す悪習があるのです。この行《ぎょう》は、途中で他者に目撃されると、効力が失われるため、亡者は目撃者を殺してしまうと云われています」

何と凄まじい慣習であろうか？

だが、非道な運命に遭遇し、この世の地獄を味わった女人などが、呪い釘を打ち込む所業は、あり得ぬ仕儀ではない。

白い衣は、宗房の方へ寄ってくる。

南無阿弥陀仏――。

宗房は、思わず両手を合わせて、蹲《うずくま》る。

南無阿弥陀仏――。

「そこのお方、どうかなされましたか？」

頭上から、女の声が下りてくる。

しかも優しい。

（ありがたい。鬼女ではない）

安堵の吐息を一つつくと、挨拶もそこそこに、その場から、足早に立ち去ったのである。

とは云え、恐怖の道行が、それで終わった訳ではない。

まだ始まったばかりなのだ。

宗房は、再び前かがみの姿勢になると、闇に向かって歩き出した。

過ぎてみれば、先ほどの狼狽ぶりはあまりにも子供じみていて、滑稽に思えてくる。

雲水坊主の悪巧みに、まんまと嵌められたと云えなくもない。

冷静になるに従い、一つの考えが、胸の内から湧き上がってくる。

それは、人たるもの、二つのことを同時に考えられないという理屈であった。恐怖と極楽を、一緒に感じることは、出来ないのだ。

喩えば、西行や宗祇なら、あんなあやふやな恐怖心で、こころを乱すことはなかったに違いなかろう。

万一、あの女が、人を呪い殺す鬼女であったにしろ、西行や宗祇なら、鬼女の顔、衣のありさま、背丈、年恰好など、つぶさに観察し、見て取ったに違いない。

さらに云うなら、それを基に歌を作るならば、どの一瞬に焦点を当てて詠み込んだらよいかを、考えたのではなかろうか。

つまり、恐怖に慄《おのの》いている暇はない。

恐怖の実際を、じっと見つめている、もう一人の自分がいるのではないか。

歌心とは、そういう不動のものだ。

この道理を、今、自分に当てはめてみるなら——奥の院への夜道を、恐怖の思いいっぱいで辿るのではなく、おのれ自身を見究める道行に変えたほうが、はるかに有意義になるだろう。

そこに思いが至ると不意に、今、考えねばならない題目が浮かんでくる。

それは、これからの身の振り方だ。

蟬吟亡き後、遺髪を胸にこの道を辿っているのも、どう生きたらよいか、皆目定まっていないからではないか？

すると、三つの筋道が見えてくる。

一つは、このまま藤堂家に留まり、これまで同様、武士の道を全うすることだ。

二つ目は、水墨画家の雪舟等楊《せっしゅうとうよう》が禅の道を歩みながら、同時に画技をも究めたような生き方だ。

これは魅力ある生き方として、こころ惹かれるものがある。

三つ目は、蝉吟の手引きで始めた俳諧の師として身を立てることだ。

だが、この世界はあまりに不確定な要素が多すぎる。

只今の俳諧は、何かしらの地盤、背景ある者が、趣味教養、人間修養の一手段として励む世界と云ってよい。生きる手段としては不確定な要素が多すぎ、自堕落な趣味生活者に陥る危険が紙一重に存在するのだ。

宗房は思う。

武士には、武士道。

禅には、禅の道がある。

この二つの世界には、究極的には、今までの歴史によって確立された枠組み、道標があると云ってよい。

それに比し、俳諧には、あらかじめ定まった階段もなければ、拘束もない。世間の尺度からすれば、不安定極まりない、無頼の世界と云ってよい。

とは云うものの、わが国には、古事記や万葉集、源氏物語などの言葉の世界、大和絵や水墨画などの絵画の世界、千利休が確立した茶の湯の世界など、世間的尺度とは一線を画す、普遍の世界があるのも確かなことなのだ。

それは、何であるか?

宗房には、まだ、判らない。

しかし畢竟、それらは、変転推移するこの世の姿に、永遠に続く一縷の筋道をつけたいという切なる願望ではないだろうか。

専念する道は異なれども、貫通するのは、ただ一つ。時空を超える何かを手中にしたいという、飽くなき願望ではないか。

云わば、不易である。

不可能な望みと云ってよい。

高野山の闇に怯える程度の未熟者ではとても歯が立たぬ目論見と、自らを弾劾せねばならぬところである。

しかしながら、俳諧。

五、七、五を規律として言葉を連ね、この世の森羅万象に不易の光を貫徹させることが出来るなら、俳諧は、――なんと新鮮で、魅力溢れる仕事であることか。

ふと我に返ると、奥の院を照らす夥しい数の燈明が、目前に迫っている。
白衣の女と別れた後、道中、怯えることもなく、目的地に達したのである。
宗房は、眼から泪を溢れ出させる。
浮世の波の瀬で、俳諧の世界に命をかけようと思ったのであった。

十三　芭蕉

「実は、今日はお願いがございまして」

「ほう、何でござるかな？」

夕食の膳が下げられると、森川許六がおずおずと、身を乗り出してくる。

芭蕉は、火鉢に手をかざし、許六の言葉を待った。

「以前にもお話いたしましたように、当方は画《え》を少々たしなみます。その屏風絵に賛がいただけたらと存じまして」

「そんなことならば、造作もない。まず、屏風絵を拝見させてもらいますかな」

芭蕉の言葉に、許六は嬉々とした面持ちで奥へ引っ込む。

若党に手伝わせると、二双の屏風絵を運び込んだ。

狩野安信に師事して研鑚《けんさん》に励む許六の画技は、高い水準に達している。屏風が開かれると、二つの迫力ある風景が眼前に現れた。

一双は三つ又の対岸から芭蕉庵を望んだ大川の眺めで、遠景に両国橋が架かっている。もう一双は、冬枯れた山里を背景とする巨木の枯れ枝に、烏が一羽止まっている構図である。

狩野派特有の、豪快、壮麗、装飾的な作行《さくゆき》は極力抑えられ、雪舟の水墨画に近い幽玄な味わいを醸しだした作品である。

「これは見事な画でござる。見る者を風雅な画境に遊ばせてくれましょう。この画に比べれば、余が俳諧など、夏炉、冬扇のごときものでござるのう」

芭蕉は愉快そうに微笑み、傍らに用意された硯箱を手元に引き寄せる。

ゆっくり墨をすり、余白に眼をこらす。

柔らかに穂先がしない、濃淡を滲ませた墨蹟が屏風にしみ入ると、枯淡な風あいが一段と深まった。

「これは、これは、かたじけなき次第でございます」

感服した表情で許六が礼を述べる。

仕上がった画讃を見つめ、芭蕉は茶目っ気のある表情で許六に云った。

「今度は、わしからも頼みごとがあるのだが……」

「はい、それはなんなりと……」

「実は、わしの旅姿を十帳ほどの画に描いてもらいたいのだが。引き受けてくれるかのう」

「それは興味深い画題でございます。ぜひとも描かせていただきます」

許六は眼を輝かせて肯首した。

十四　芭蕉

昨年の九月から寄庵していた洒堂は、一月中ごろ国許《くにもと》へ帰っていった。

芭蕉庵は普段の姿に戻り、桃印の病状に変化はない。桃隣も頻繁に足を運んでいた。

松倉嵐蘭《らんらん》が、七、八歳の子供をつれて芭蕉庵にやって来たのは、そんな折りのことだった。

嵐蘭は許六と同じ頃、芭蕉の門人となり、年老いた母親の面倒を見ながら俳諧への傾斜を深めている男である。其角に似た江戸っ子らしい機知にあふれた句作りが得意であった。

「どうも言葉が跳ね過ぎていけませんや。ちょっと面白い効果は出ているのですが、深みが足りませんで……」

自嘲気味に云って、頭をかいた。

芭蕉はこのところ、句作の心得として「軽み」を説いている。嵐蘭もその「軽み」を会得したいと工夫をかさねているのだった。

「嵐蘭さん、句作りの要諦は真っ直ぐなこころで見ることが一番です。理詰めで考えていくと、どうしても重くなる。そんなときは、作為から離れて、白紙に戻して見ることです」

嵐蘭の息子は懐からコマを出し、庭先でひとり遊んでいる。コマは手からヒモを伝い、反対の手へ移っていく。時折、ヒモから離れて地面へ転がる。

「コマまわしだって幾度も繰り返すうち、手に馴染んでくるものです。跳ねたがる言葉を無理に抑えたりせず、気儘に跳ねさせてやるのも面白いのではないですか?」

芭蕉は微笑んだ。

男の子はコマ遊びに飽きたようで、三つ又の方へ散歩にでかけて行く。

小さい肩が堤の彼方へ遠ざかった。

「喩えば、桃隣の話をしましょうか。桃隣は、わが蕉風にこころを寄せながら、関西で身についた点取りのクセが抜け切らず、もうひとつ『軽み』の道は進みません。しかし、桃隣は俳諧を口すすぎの手段としているため、責めるわけにもいかんのです」

「つまりは自分の置かれた境遇も無視は出来ないということで?」

「そう、まずは今の自分の姿をよく見ることです。その上で、『軽み』について思いをいたし、直ぐなこころで句作にはげめば、『軽み』もおのずと現れてくるものです」

「少し急ぎ過ぎたかも知れません。ついのぼせるのが悪いクセでして」

嵐蘭が苦笑いし、眉根を寄せたとき、男の子が千両《せんりょう》の小枝を手に戻ってきた。

「お花を捜したのだけど、何も咲いてないの」

芭蕉庵へやって来る道すがら、病気で伏せっている桃印のことを聞かされてきたらしい。子供心からの桃印への土産だった。

「ありがとう。おじさんは子供が大好きだから、きっと喜ぶよ」

芭蕉は小枝を受け取り、桃印の部屋へ足を運ぶ。

だが、桃印は寝息をたてて、ねむっている。

土間で竹筒に水を入れ、千両を差して、戻ってきた。

「おじさんは眠っていたよ。眼をさましたら、持っていこう」

呟きながら、矢立と色紙を取り出してくる。

「これはおじさんからの贈り物だ。今はなんのことか判らぬだろうが、少し大きくなったら、お父さんから聞くがいい……」

色紙に何やら文字が書かれていく。

嵐蘭はそれが、息子にあたえられた俳号だと知ると、頬を紅潮させて喜んだ。

「お前の俳号をつけて下さったのだ。こんな名誉なことはまたとないから、お礼をお云い」

父親が頭に軽く手をのせると、息子は素直に頭を下げ、

「おじさん、ありがとう」

と、微笑んだ。

芭蕉はその二人を見て、ふと二郎兵衛や貞のことを思い浮かべた。

桃印の病気にばかり気持ちがいって、家族のことをなおざりにしてきたようだ。

いや、こころの片隅ではいつも気にやんでいたが、やはり貞と対面することに、若干のおそれがあったのが本当のところだ。

芭蕉は嵐蘭親子の姿が川筋の小道に消えていくのを見送ると、貞のもとへ手紙をしたためた。

春の夢

十五　芭蕉

「あら、そんなの駄目よ」

「だって、わたしが先にお父さんにお願いしたのだから」

芭蕉庵に、ときならぬ少女の叫び声が響いたのは、翌日のことだった。

病床の父親を見舞うのであるから、はしゃいだ振る舞いは禁物である。しかし、久方ぶりの父親との再会に、つい戒めを忘れて弾んだ声が出るのは無理のないことだ。

芭蕉が部屋をのぞくと、まさとふうが桃印にまとわりついている。

桃印も調子がよいのだろう、布団の上に胡座をかき、身を起こしていた。

「みんな、元気そうで何よりじゃな」

枕元に貞と二郎兵衛が座り、足下の方に桃隣が控えている。

「調子はどうかの?」

桃隣の傍らに座り、芭蕉は訊ねた。

「みんなに会えて、元気が出ました。有り難うございます」

寝巻の上にどてらを羽織った桃印が、やや興奮を隠せぬ面持ちで、両側の娘を抱きしめる。

はだけた胸元からのぞく、骨の浮き出た青白い肌が哀れだった。

貞は、身体をこわばらせ、羞恥に顔をうつむけている。身につけた銘仙の着物はかなりくたびれ、膝の上に置いた手の甲には深い皺が刻まれている。想像を絶する苦労がこの夫婦を襲ったに相違ない。以前と比べて、一回り小さくなったように見える。

芭蕉は桃印と貞を間近にし、男女の愛憎に苦悶したことが、遠い昔のように思われた。

「大きくなったな。二郎兵衛」

懐かしさに眼を細める。

「はい……」

上目遣いに二郎兵衛が頷く。

そのはにかんだ表情に、最初に会ったときの情景が走馬燈のように甦る。ちょうど五、六歳頃のことだったから、今は、十五、六歳になっている筈である。

子供から大人へと脱皮し、成長していく不安定な感じが、そこにはある。しかし、男らしい頼もしさ、逞しさも、背丈の伸びた身体から同時に感じられた。

「おかあさんや二郎兵衛には、いろいろ苦労が多かったことだろう。しかし、これからは遠慮はいらぬ。なんでも相談に来るがいいぞ」

二朗兵衛を横に見ながら、言葉をつまらせる。

話したいことは山ほどあるが、言葉が追いつかない。十年という歳月は、それなりに大きく重い。やっとの思いでそこまで云うと、今度は二人の娘の方へ顔を向けた。

まさとふうは、桃印にへばりついたまま、芭蕉に怪訝な瞳を向けている。

「おじいちゃんだよ」

芭蕉は、両手をさしのばす。

が、桃印の両腕にしっかりしがみつく二人の様子を見て、直ぐさま手を降ろした。

初めて接する彼女たちにとって、芭蕉は路傍の老人にすぎないのだ。しかも、久方ぶりの家族の再会に、みんな身とこころを解放させている。

今の自分は、そんなかけがえのない幸福な一瞬への闖入者《ちんにゅう》と云ってよいだろう。

「何かあれば、なんでも桃隣に云うがよい」

そう云って、おもむろに腰を上げる。

自室に戻ると、云い知れぬ寂寞感が襲ってくる。

初めて眼にした、まさ、ふうの無邪気な姿が、胸を締めつけるのだ。

人間の情愛を大切に思いつつも、その情愛を金銭的な約束事で包んでやれぬ我が身の不甲斐なさがくやまれる。

風狂の道を生きるとは、所詮こうした非道を生きる以外に道はない。

その夜、芭蕉は門人の菅沼曲水に手紙をしたため、幾ばくかの金子《きんす》の借用を頼みこんだことだった。

十六　桃青

深夜の路地に、雪駄の音が幽《かす》かに響く。

夜空に月はなく、町屋の家並は闇の中にひっそり沈んでいる。

辻向こうで啼くのだろう、悲しげな犬の遠吠えが空気を震わせた。

踵を返して、何処かへ消えてしまいたい衝動が、身体の芯を突き抜ける。

おのれの浅ましい振る舞いが胸にこたえるのだった。


「桃青さん、あんたは知っていなさるのかい？」

延宝七年（一六七九）のある日、小声で囁いたのは、大工職人の甚九郎だった。

「何のことですか？」

無心に問い返した桃青の耳もとで、劇薬のような言葉が囁かれた。

「お内儀《かみ》さんと桃印さんがおかしいって、妙な噂がありましてね」

何のことか見当のつかない桃青は、一瞬、相手の表情をじっと見つめる。やがて、甚九郎の言葉が男女の秘事を意味していることを理解すると、あわてて眼をそらせた。

「桃印が家族の面倒をよく見るので、そんな誤解が生まれたのでしょう。そんな馬鹿げたことが、あるものじゃありませんよ」

桃青は即座に、強く打ち消した。


路地を折れると、見慣れた家並が眼に入ってくる。

家は雨戸が閉ざされ、闇の中に沈んでいる。

覚悟を決め、玄関脇から裏庭へ続く露地へ身をすべらせる。裏庭に廻ると、濡れ縁の下へ潜りこんだ。

おのれの家へ忍び込む我が身が、滑稽であり、哀れを極める。

その日の午後、桃青は木更津まで出かけると、貞に告げて家を出たのだ。

——三日間ほど、留守にする。

木更津へは実際に行く用があったのだが、約束より一日早く家を出たのは、ふと、あさましい考えにこころ乱されたからである。

どれほど時が過ぎただろう。

濡れ縁の向こうから、板戸のきしむ音が響いてくる。

貞が、厠へたつ足音のようだ。

桃青は思わず身震いすると、足音がする方に耳をそばだてた。

心臓が飛び出さんばかりに早鐘を打つ。こめかみや脇の下あたりから、冷や汗が滲み出てくる。

再び、足音が響き、板戸が閉ざれる。

しばらくして、桃印と貞の呟きに似た話し声が聞こえてきた。

貞の身体は細身であったが、乳房と尻は大きいほうだ。裸になると、ふたつの乳房は釣り鐘を伏せたような形で突出する。

貞は二郎兵衛を生んだ女である。

当然、閨《ねや》のことも、わきまえている。

桃青の愛撫に身体が応えるのに、それほど時間を要しなかった。

月日とともにふたりの身体は馴染み、快楽の度合いは高まっていく。大胆に寝巻を脱ぎ捨て、桃青の求めるままに、身体の位置を自在に変化させる。そして、おこりのように身体を震わせ、闇の中に白い芙蓉の花を咲かせるのだった。

「ああ、あ、ああ」

官能のうめき声が脳髄を溶解させ、男根を痙攣させる。女体の魔可不思議さは、神仏も手を焼く修羅である。

その女体が、甥の桃印に開かれるのを想像することは、業火に焼かれるより酷い苦行と云える。

（――地獄だぞ）

桃青は、空気を震わせる内側の気配を確認すると、夢遊病者のように、大川の堤へさまよい出る。

見慣れた墨田川が夜叉の帯のように赤く燃え、見知らぬ風景に一変している。

夜もすがら、大川端をさ迷い歩き、木更津に向かったのは、日が大分高くなった後であった。

十七　芭蕉

――火事だ。

――火事だぞ。

激しい半鐘の音と飛び交う怒号の中、芭蕉は跳ね起きた。

布団から這い出し、周辺に眼をこらす。

と、あたりは深い静寂の中、薄明りの闇に沈んでいる。

夢を見ていたようだった。

芭蕉庵が焼け落ちた衝撃が、あまりに強かったせいだろう、すでに何度も見た同じ夢だった。

離れの方から桃印の咳き込む声が聞こえてくる。

三月に入り、咳き込みが特にひどい。桃印の病状は明らかに悪化している。息を潜めると、梅の香りがそこはかとなく漂ってくる。普段なら、艶冶《えんや》な梅の香りも桃印の病の重さを思うと、却って残酷さを感じさせなくもない。

再び眠りに入った芭蕉は、若い手代と一緒に、焼けた荒野を歩いていた。黒焦げになった柱や竹網が折り重なり、一郭からは燻《けぶ》った薄煙が立ち昇っている。そこは灰燼《かいじん》と化した芭蕉庵らしかった。

「恐ろしいものですね。汗水たらしてこしらえた家や財産が、一夜で消えてしまうんですから」

手代は云った。

「そう……火事は本当に無惨なものだ。しかし、そんなことでへこたれない人間はもっと偉いのう」

芭蕉は、自らを慰めた。

まだらに焼けた黒い荒野は、芭蕉の内面の心象風景でもある。焼け爛《ただ》れた胸には、恋情の嵐が吹き荒れ、欲情の炎が燃え残っていたからである。

天和二年（一六八二）十二月、江戸を襲った大火事で芭蕉庵を焼失した後、芭蕉は甲斐の門人のもとへ身を寄せ、翌年冬、新築された二度目の芭蕉庵に戻り、貞享元年（一六八四）八月、『野ざらし紀行』へと旅立つのである。

再び目覚めた芭蕉はすぐさま、桃印の容態を見に部屋へ足を運ぶ。

ここ数日間は桃隣も夜伽《よとぎ》をして、一緒に伏せっている。

桃隣を庭先へ誘うと、昨夜の様子をこまごま訊ねた。

「どうも芳しくありません。昨日、薬師も首を傾《かし》げておいででした」

「そうか、不憫なことよのう」

座敷に戻り、枕元へ座り込む。

あばらの浮き出た胸は、まるで野良犬のそれだ。

時折、息を詰まらせ、激しい咳き込みを繰り返す。

落ち窪んだ頬は土気色に変わっていた。

労咳《ろうがい》は、病人の気力、体力の充実によって、病を克服する以外に道はない。桃印も気力をふるいたたせ、病魔と戦っていた。が、今やその病状は、神の手にゆだねられたと云った方が適切な状態だった。

芭蕉は覚悟を固めると、薬師のもとへ桃隣を走らせる。

貞や子供たちがやって来ても、桃印は眼を閉じたまま話しかける様子はない。ときおり、苦しそうに咳き込むばかりだ。

薬師は薬を水に溶かすと、少しずつ綿に浸し口の中へ注ぎ込む。何度も何度も同じ動作を繰り返した。

「痛みを和らげる薬と、眠り薬を調合しておきました。暮れ方、もう一度様子を見に参りますが、苦しそうな時は、いまの要領で薬を口にふくませてやって下さい」

芭蕉が庭先まで送りだすと、薬師は声を落としてうつむいた。

「残念ながら、長くは持ちますまい。力及ばず、申し訳ないことでした」

「いや、とてもよくしていただき、桃印も満足と思います」

芭蕉は丁寧に頭を下げ、姿が消えるまで立ちつくす。

庭には春の陽射しが柔らかくふり注ぎ、柴垣の外でたんぽぽが風に揺れている。

草むらから、季節はずれのとかげが一匹姿を現わし、庭を横切り身をかくした。

三つ又の土手では、数人の老爺が釣り糸をたれている。

大川は穏やかな春の気配に溢れていたが、芭蕉は首筋に悪寒を感じ、小さく身震いをした。


その日の暮れ方、桃印は息を引き取った。

枕辺には、貞、まさ、ふう、桃隣、薬師、芭蕉がつきそっていた。

十八　桃青

桃印が死んで四十九日が、またたく間に流れ過ぎた。

虚脱感に襲われた芭蕉は、門人たちとの何気ない交わりも億劫さが先に立つ。

ただ、国許へ帰る許六のことが気がかりで、彦根藩邸に四、五日滞在。それから「柴門《さいもん》ノ辞」を書き終えると、柴折戸《しおりど》を閉ざし、ぼんやり大川を眺めるのだった。

夏の大川は、艶冶《えんや》である。

陽光が、放蕩の後のようにけだるく立ち昇り、夏草は無防備に丈を伸ばす。

庭の蔓草は生命力の限り発揮して、旺盛に柴垣《しばがき》に絡みつく。

芭蕉は、ほとんどのときを桃印の部屋でひとり過ごす。

灯明に火をいれ、数珠を手にすると、泪が溢れてくる。

人の世のはかなさが、身に沁みるのだ。

三十三歳の桃印がすでにこの世にはなく、五十歳の自分が生き長らえていることが、無念だった。

「ああ……、無惨やな……」

芭蕉は桃印の部屋で、ひとり落涙の日々を過ごしながら、「閉関之説《へいかんのせつ》」という一文を綴り始めるのだった。

——色は君子の悪む所にして、仏も五戒のはじめに置けりといえども、さすがに捨てがたき情のあやにくにや、あはれなるかたも多かるべし——

「おじさん、許してください」

二十歳になったばかりの桃印が、こめかみに青い筋を浮かせて頭をさげている。

桃青は考えることが多すぎて、思考が停止した。

「謝るだけでは、訳が判らない。一体どうしたと云うのだね」

激情をおし殺して、桃青は冷静に言葉をしぼりだす。

「一緒になりたいのです」

桃印の口から、そんな無謀な言葉が易々《やすやす》と飛び出してくる。まだ幼さの残る云い方が桃青の激情に火を注いだ。

「一緒になると云ったって、生活はどうするのだね。二郎兵衛だっているのだよ」

「暮らしのことは、人夫でも土方でも何でもするつもりです」

桃青は、顔を赤くした。

貞は自分の妾なのだ。それを承知で一緒になるとは、一体何事か。今にも飛び掛かり、思い切り打擲《ちょうちゃく》したい狂暴な衝動が五体を貫く。

だが、もうひとりの桃青が分別くさく呟いた。

「貞は何と云ってるのだね」

桃青は訊ねながら、自分が何を求めているのか、判らなかった。

「命はおじさんに預けると云っておりました。でも、もし生きておれたなら、私と一緒になりたいと……」

桃印は涼しげな表情で、耳にしたくない台詞をまたしてもすらすらと云ってのける。

桃青の内側で何かがはじけ、嫉妬の炎が身をせめた。

「――お前は、なぜ？」

翌日、桃青は万感の思いで、貞に訊ねる。

貞は、押し黙っている。

「難しくて上手く云えません」

身を捨てた女の哀切と、強い覚悟が着物の下からにじみ出ている。

度重なる桃青の詰問に、唇をふるわせ、言葉をつむぐ。

「うまく云えませんけれど、――旦那さまは私でなくとも、身のまわりの世話の出来る女ならば誰でもよいのでございます。だからこそ、妾奉公の女をお側におかれたのでございましょう」

一呼吸おいて、再び続けた。

「それに対して、桃印さんには私しかいないのです。若さゆえの無分別もあるでしょう。でも、桃印さんの一途な感情に、私はなす術を失ってしまったのです」

桃青のこころに亀裂が走った。

ひび割れた心臓の表皮から熱い血がしたたり落ちる。おのれの胸中にそんな激情が潜んでいるとは、思いもよらぬことだった。

「お前は、わしがお前を選んだことを、さも取り替えがきくことのように云いつのるが、そうではないぞ。妾奉公とは云え、わしには一度こっきりのことだった……。そうは思わなかったのかい？」

「……それは、思いました」

「わしは、この世で最も大切な人を、ふたり同時に失ってしまったのだよ」

桃青は言葉を詰まらせる。

「本当に申し訳ありません。でも、旦那さまにはまだ俳諧の道がございます。私たちふたりには決して触れることの出来ない、言葉の世界がおありです」

貞は双眸《そうぼう》に泪を溢れさせながら、毅然と胸の内を語る。

桃青はその時、貞と桃印が男女の愛欲に身を投じたのは、ただ、ふしだらな思いがそうさせたのではない――自分を含めた運命的な葛藤が、そこに潜んでいるのだ、と思い知らされたのだった。

――おろかなる者は思ふこと多し、煩悩増長して一芸すぐる者は、是非のすぐる者なり。これをもて世の営みに当て貪欲の魔界に心を怒らし、溝洫《こうきょく》（田の溝）におぼれて生かすことあたはずと、南華老仙のただ利害を破却し、老若を忘れて閑にならむこそ、老いの楽しみとは言ふべけれ――

芭蕉はそれからの十年、一芸にこころ奪われた狂人の罪深さにこころを留めてきた。その人間の宿業に比べたら、世間の人々が陥る色恋の罪業に、どれほどの非があるだろう。桃印や貞の狂態に直面したからこそ、おのれの風狂の道も定まったと云えるのではないか。

いや、むしろこの世のいかなる出来事も、すべて風狂への犠牲にしてしまう自分のありようが、かえってふたりを愛欲の淵へ押しやったとも、云えるのではないか。

とするならば、犠牲者は桃印であり、貞であったと考えられなくもない。

いずれにしろ、芭蕉が抱え込んだ宿業の毒は、桃印や貞には強すぎたことが確かなように思えるのだった。

芭蕉が一か月ほど庵を閉じ、その後二か月が流れ過ぎた八月の盛りだった。

芭蕉のもとに二つの訃報がもたらされた。

一つは、鎌倉へ月見に出かけた嵐蘭が帰途、突然病におかされ死去したという知らせである。嵐蘭と息子が芭蕉庵に元気な姿を見せたのは、この春である。まだ四十七歳の嵐蘭が、幼い子供を残してこの世を去らねばならぬ不条理が芭蕉を打ちのめした。

さらに二日後には、其角の父、東順の訃が報じられた。

宝井東順は俳諧に親しむかたわら、藩医を務め上げた、真っ当な人物である。息子の其角の奔放な生き方とは対照的と云ってよい。芭蕉は実直な東順を偲んで『東順伝』を上梓し、その霊を弔う。

そんな外界からの余儀ない事情により、庵の閉関は解かれていったのだった。

十九　芭蕉

元禄七年（一六九四）。

新春である。

大川には旭日が輝き、枯れた芭蕉が褐色の幹を棒杭のように青空に伸ばしている。

そんな一月下旬、思いもよらず久方ぶりに仏頂和尚が芭蕉庵を訪ねてきた。

「これは、これは、おめでとうございます。わざわざお越しいただいて……」

五十一歳になった芭蕉は、桃印が伏せっていた部屋へ仏頂を迎え、礼を述べた。

「もっと早く来たかったところ、しばらく柴戸を閉ざされていたご様子で、ご無沙汰いたしました」

仏頂は云いながら、仏壇に手を合わせる。

ゆったりと経文を唱えた後、芭蕉をふり返った。

「さぞや、お力落としのことでございましょう」

「桃印の死はいささかこたえました。しばらく何をする気力もなく、出来るだけどなたとも会わず伏せっておりました」

「この世のさだめは、誠、ままならぬものでござることよ」

「いよいよ我が道も定まった思いです。風狂の果てに死するばかりと……」

「それは拙僧も同じながら、芭蕉さまにはもっともっと、生き長らえてもらわんと。それには、すこし休養も必要でござるぞ。あれ以来、翁は急ぎ過ぎてこられたからのう」

仏頂は、芭蕉の顔をじっと見つめる。

「そうでしょうか。まだまだ厳しさが足りません……」

芭蕉はそう云って、腰を浮かし、二郎兵衛を連れて戻ってきた。

二郎兵衛はこのところ芭蕉庵に寝起きし、世事一般や料理の手ほどきを受けている。芭蕉は伊賀上野時代、賄《まかな》い役を務めたことがあり、その時見知った体験や調理のいろはを教えているのだった。

「この二郎兵衛がもう少し大きくなり、家族の柱になってくれれば一息つけます。それまでは私も死ねません」

「月日のたつのは早いもの。こんなに立派になられたとは」

仏頂は眼を細める。

二郎兵衛は、はにかんだ顔でうつむいた。

「二郎兵衛は家族思いの優しい男だから、安心して見ておれます。少し修業すれば、立派に独り立ち出来るでしょう」

期待を込めた声で云う。

美味な料理で仏頂和尚をもてなすよう頼んで、下がらせた。

「実は、貞が出家しましてな。在家ではございますが、頭を丸めた由にございます」

「貞殿も苦しんだことでござろうの。今、お幾つに?」

「四十二歳になりました」

「仏の道に帰依されて、我が子の成長を望みに生きるのが、一番の幸せでございましょう。拙僧で何か力添え出来ることがあれば、何なりと云ってくだされ」

「かたじけのうございます」

この日、仏頂と芭蕉は二郎兵衛の料理に舌鼓をうち、夜遅くまで久しく言葉を交わした。

待ちに待った『おくのほそ道』の清書本が柏木素龍《そりゅう》の手で届けられたのは、四月半ばのことであった——。

素龍は挨拶もそこそこに、手早く包みを開き、清書本を芭蕉の前に差し出す。

「この作品は、まことに見事な出来でございます。清書しながら、こころが踊りました」

興奮を抑え切れぬように、言葉を弾ませる。

正座した芭蕉は、身じろぎもせず、ゆっくり冊子をくっていく。

執筆当時の、言葉につくせない息づまる日々が思い起こされた。

『おくのほそ道』は、俳諧の出来具合は当然のことながら、雅味のある簡潔な文章で旅の道行きを綴るところに華がある。言葉の配列やその間合い、序破急《じょはきゅう》の転調や切れのある韻律にこころをくだいた。

日常の些末な出来事を不易の想念で濾過するところに、独自の妙があるのだ。

何度呼吸が乱れ、そのまま深い闇に溺れそうになったことだろう。安全な言葉遣いに戻るのは、簡単だった。しかし一箇所でもそこへ戻れば、すべての緊張感は一挙に崩れ去ってしまうのだ。未開拓の処女地を縫うように、一期一会、言葉と言葉の神秘な出会いを綴る危うい道は、二度と再び踏み得ないことを、芭蕉自身が一番よく知っていた。

卯の花の甘い香りが、座敷の中へそこはかとなく流れ込んでくる。

眼を通し終わって、芭蕉はいかにも満足げに顔を上げた。

「いつもながらの流麗な筆致、痛みいります」

云いながら机に向かうと、表紙へ「おくのほそ道」と丁寧に書きいれる。

「清書本が仕上がれば、これを手土産に郷里へ帰るこころつもりをしていました。これでいつでも帰参がかないます」

「それはまた残念な。今度こそ末永く、江戸にお留まりいただけると存じておりましたのに……」

「身についた貧乏性は、なかなか退治が出来ません。直ぐにじっとして居られなくなってしまうのです」

「お帰りは、いつ頃で？」

「まだはっきりとはしませんが、一年ほどになるでしょうかねえ……」

「ぜひ、早いお帰りを」

素龍は残念そうに、顔を曇らせた。

二十　芭蕉

それから十日ばかり後である。

門人の子珊《しさん》の別邸に、芭蕉、杉風、桃隣、八桑《はっそう》など、気の置けない仲間が顔をそろえた。

道中の無事を願う別れの俳席が持たれたのである。

句作りも一段落し、座がくつろぐと、芭蕉は杉風を誘って庭へ出た。

「また、しばしのお別れだな」

庭には、心字をかたどった小さな池があり、周囲には築地がめぐらせてある。石組の傍らに植えられた、芍薬《しゃくやく》が花弁の色を深めていた。

「覚悟はしていましたから、驚きはありません」

「そうならば、嬉しいね」

ぼそりと云って、肩をすくめた。

「いつも世話になりっぱなしで、お礼の云いようもござらぬのう。わしが俳諧などにうつつをぬかせたのも、お手前らの支えがあったお陰だ」

「なんのお気遣いが要りましょう。私はただ自分が出来ることをやっただけのこと。あまり深く受けとめられると、かえって恐縮します」

「いや、いや、そうであった。日頃〝軽み〟を説くわしとしたことが、恥ずかしい」

芭蕉は詫びた。

これまでの杉風の計らいには、押しつけがましいところがまるでなかった。いつも鷹揚《おうよう》でさりげない。そんな杉風に、つい、感謝したい気持ちに駆られてのことだった。

座敷に戻ると、桃隣、子珊、八桑たちが俳論らしきものを戦わせている。

芭蕉はしばらく、門人らの会話に耳を傾けていたが、やがて話にくわわった。

「皆さんとも、しばしお別れだ。そんな意味も含め、少し理屈ぽい話をしますかな」

じっくりと話しはじめた。

「今の世の中、人は士農工商に分けられ、それぞれの職業に就くよう運命づけられておるな。真っ当に生きるとは、武士は武士らしく、農民は農民らしく、商人は商人らしく、その本分をつくすことにあると云ってよい」

芭蕉はちょっと話を止める。考えを整理して、再び、続けた。

「ところが、そうした区分に当てはまらぬ人も、世の中には居る。平安時代の貴族や、神官、僧侶、さらには画家や歌人、茶人などがその類だ。ここで問題なのは、これらの区分に当てはまらぬ人々は、共通の規範の中で生きているということだ。それは、その人が生きている時代を越えて、次の世までも通用する価値ある何かを生み出さねばならぬということであろうかな」

芭蕉がこの種の話をするのは稀有《けう》である。桃印が死んだことや別れの席であることが芭蕉の感傷を誘ったからかも知れない。

「士農工商の身分の人が、真っ当に生きるとは、その時代の大勢の人に役立つことにあるだろう。同じ時代の人々に役立たなくては意味がないからのう。しかし、喩えば、連歌師の宗祇、画家の雪舟、茶人の利休らにとっては、その時代に役立つばかりか、時代を超えて生き続ける価値があるか否かも、問題とされているということだ」

杉風はじめ四人の門人は、普段とは違う説法に神妙に耳を傾ける。

芭蕉は、さらに言葉を繰り出した。

「ここで問題は、限りある命の人間が、時代を超えて生きる何かを作ることなど出来るかということだ。如何なる人も、おのれの〝創造物〟が百年後に価値があるか否かを知ることは出来なかろう。唯一の頼りは、過去にさかのぼり、二百年、三百年と価値を持ち続けてきた〝創造物〟を、何とか検証したり、実感出来る位のもの。しかし、どんなに過去に学んで感得しても、おのれの〝創造物〟の価値は、最後まで判りはしない。ここに、こうした道に連なった者どもの悲喜劇があるのだな」

芭蕉は〝真っ当〟という言葉を介して、まったく異なる規範に生きる人間のありさまを、門人たちに語って聞かせる。いや、自分自身に云い聞かせていたのかも知れない。

俳諧の道を歩みながら、芭蕉はいつも、深い自己矛盾が澱のように溜まることに苦しめられていた。それは、門人たちが風狂の道に迷い込むことを恐れたからだ。自分と同じように風狂の荒野を突き進むことは、あまりに危険で、いばらの道だ。

さりとて、俳諧の宗匠としてこの世を過ごす身であれば、門人たちの支援も必要になる。蕉風の維持存続のためには、それなりの裾野の広がりも考えねばならない。

芭蕉は思う。出来ることなら、風狂の魔界に踏み迷うことなく、程々の距離を保ち、現世の規範に即した生活を送って欲しい……と。俳諧は、狂気と紙一重なのである。

「つまりは、おのれの創作物の価値が永遠に謎ならば、どんな創作物も、それが来世で価値を持つと信じることに、何の支障もない。本人さえ価値があると信じていれば、それはそれですんでしまうことだからのう。これは現世を〝真っ当〟に生きる人々の規範とは、なんとかけ離れてはいやしまいか。しかし我ら俳人はじめ別の区分に属した者たちは、その狂気の道をおし貫いて、おのれの信じる価値を創り出すしか術はないのだなあ」

連歌の宗祇における、絵画の雪舟における、茶の利休における共通するものは同一なり。芭蕉はその魔界にこころ奪われ、おのれを貫いた者たちの至純を深く思った。なぜなら芭蕉の胸の内にも、それら偉大な先人たちの至高の極みに、自らの芸を昇華させたいという野望があったからである。

芭蕉には、それが達成出来たか否かの判断はつきかねる。五、七、五という韻律のある言葉の配列の中で、宇宙の摂理、世事全般、こころの機微を凝縮させる技量において、かってない確固たる世界を出現させ得たという自負はなくもない。しかしそれだって、浮き世の流行と言葉の不易の間《はざま》で見果てぬ夢を追い、ひたすら風狂の道を邁進してきただけかも知れなかった。

旅に病んで

二十一　芭蕉

芭蕉を送別する子珊別邸での俳席が開かれた三日後――。

元禄七年（一六九四）五月十一日、芭蕉は二郎兵衛を伴って、故郷伊賀上野へと旅立った。

月の終わり頃には、郷里に到着し、親族縁者、門人たちと、三年ぶりの邂逅《かいこう》を楽しむ予定の旅である。

小田原までは曽良が同行してくれる。

その曽良と箱根で別れ、三島の飛脚宿に着くと、去来からの書簡があり、芭蕉たちとは行き違いに江戸に着いたとのことであった。

旅はすこぶる順調である。

だが、十五日、島田の宿で降りだした雨が激しさを増したため、大井川の渡しが、十七、十八日と渡航不能になる。

三日間の足止めだ。

とは云え、悪いことばかりではない。

島田宿では塚本如舟《じょしゅう》の家にやっかいになっていたが、雨の切れ間を利用し、連歌師宗長《そうちょう》の旧跡などを見物することが出来たのだ。

夜は、疲れ気味の身体をゆっくり休ませ、落ち着いて手紙が書ける。

箱根まで随行してくれた曽良には、二郎兵衛にもろもろの旅の知識など聞かせてもらえた礼を、したためた。

そんな寛《くつろ》ぎの中、芭蕉はふと、十年前の貞享元年（一六八四）八月、門人の千里を伴い、伊賀上野へ帰った旅を思い起こしていた。

その前年、芭蕉は、母親を亡くしている。だが、その時は葬儀に出ることが出来なかったため、墓参もかねた旅だった。

しかし、それより何より、深川へ隠棲した芭蕉は、乞食と同じ境地で暮らすことを自らに課し、そのさまを野晒しの白骨に喩えたが、最初の一歩を踏み出したのが、その旅であったのだ。

そこで芭蕉は、生涯忘れ得ぬ光景に出会ったのだ。まさに富士川を渡ろうとした時である。

道のほとりの草むらに、三歳ばかりの捨て子が、襤褸《ぼろ》にくるまれ、転がされていたのだ。悲しげに、激しく泣く声は、肺腑《はいふ》を穿って迫るものがある。

芭蕉は、思わず息を呑み、立ちどまる。

泣き声は、ほどなく秋風に吹き消され、捨て子の命は露と消えるに違いない。

芭蕉は思ったものである。

お前は、どうして父に憎まれたのか、母に疎《うと》まれたのか。いや、父はお前を憎んだのではない。母は疎んだわけではない。

これはただ、天の定めであって、いかんともしようがなく、お前は天命のつたなさを、泣いて訴えることしか術はないのだ。

それは厳然とした事実なのである。

芭蕉は、袂《たもと》より食べものを取り出して置くと、黙って通り過ぎたのであった。

杜甫の詩句に「猿を聞いて実に下る数行の涙」という一節がある。猿の声を聞くさえ涙を禁じ得ぬ人は、この捨て子の声を聞いて、いかに断腸の感なきを得たことだろうか？

芭蕉は、その時、野晒しとなって路傍に打ち捨てられた児の姿が、自分の姿と重なるのを見る思いだった。

泣き叫ぶ捨て子と白骨と化した自分との間に、どれ程の差異があるというのか。

変わりないではないか。

いや、そうではない。

それは嘘だ。

捨て子をかき抱き、女を捜し、児の命を助けてやるのが、人の道というものだ。

いかに乞食の俳人と云え、それこそが、人が人である一条の道ではないか。

だが、自分はそうはしなかった。

捨て子の道が泣くことにあるならば、自分の道は、俳諧を作ることにある。

路傍に童《わらべ》を置き去りにして、郷里への道を急いだ時、芭蕉は童《わらべ》の命と引き換えに俳諧師になる道を選んだのだ。

間違っているかも知れない。

今もって、当否は判らない。

ただ十年後の今も、悩み続けねばならぬ難問であることは、確かだった。

二十二　芭蕉

嵯峨の落柿舎に着いたのは、落日の赤光が周辺の山裾を染める暮れ時であった。

まるで光の綾錦と云ってよい。

それも竹藪を辿る小道からの遠景で、屋敷に近づくと、無数の柿の木や、丈高い雑草が、我が物顔で枝葉を茂らせている。

それは以前と変わらない。

世俗を達観した主、去来の別荘らしい光景に、その人柄が忍ばれ、これから過ごす贅沢な時間に胸が躍るのだった。

芭蕉がこの落柿舎に来るのは、これで三度目である。

最初は、『おくのほそ道』の旅を終えて、郷里の伊賀上野に戻った元禄二年（一六八九）十二月。

四十六歳の時である。

古くからこの地に伝わる、空也念仏僧が念仏をとなえながら京の内外を歩いた「鉢たたき」の行事を、生来の漂泊児、乞食坊主さながらの弟子の路通《ろつう》と見に来たのだ。

二度目は、二年後の夏。

最初の滞在で受けた去来のもてなしや人柄、落柿舎の居心地のよさに、心底、魅了させられたからである。

向井去来は医者である。

幼少より文武両道に秀で、いかようにも立身の道は開けたものの、俗世の栄達を望まない去来は、家業である医者となった兄の手伝いをする道を自身も選んだのであった。

その意味では、誠によく蕉風を理解している門人と云えた。

この二度目の訪問では、去来のこころ憎いもてなしと『おくのほそ道』の仕事に目鼻がついた高揚感も作用し、十七日間滞在した。古来、日記と呼ばれる様式に照らした作品『嵯峨日記』を書いたのは、この時であった。

そして三度目の今回。

芭蕉は五十一歳になっていた。

去来と云えども、流石に今度ばかりは、思い通りに行かなかったようだ。

「師来る」の知らせが、どこからともなく漏れると、歓喜した門人たちが参集してきたからだ。

否応もなく俳席が開かれる。

文考《しこう》、丈草《じょうそう》、惟然《いぜん》(素牛《そぎゅう》)、去来の面々だ。

すぐに、洒堂も駆けつけてくる。

井戸水で冷やした、洒堂の手土産である採れたばかりの眞桑瓜《まくわうり》の果肉に食らいつきながら、こんな日常こそ至福の時だと思うのだった。


翌朝、芭蕉は床を離れると、早々に屋敷の外へ出た。

江戸深川とは違う、京の朝をじっくり味わうためである。

嵐山を背に、大井川を前にした落柿舎は、幽かにたなびく朝靄の中に沈んでいる。

正面の狭い方は二十間、奥行きの広い方は五十間ばかりある。

東南には大竹藪、西北には田畑が広がり、すぐ隣に、草ぶきの家が一軒と農家が二軒立っている。

だが、かつては、そうではなかったようだ。

そこは分限者の別宅で、幾棟もの家屋が建ち並び、庭には、池や築山があったというからだ。

そして屋敷の周囲には、四十余の柿の木が植えられ、いかにも沢山の柿の実が採れそうな風情であったらしい。

買い求めた数年間は、柿は実をつけなかった。しかしある年の秋、通りすがりの者が、口々に誉めそやすほど、見事に実をつけた。

それを見た商人が、全部売ってくれと話を持ってきたため、去来は快諾し、料金を受け取った。

ところが、その夜半から吹き荒れた風雨により、一夜にして柿はすべて落ちてしまう。

商人は商談を反古《ほご》にしてくれと泣きつき、去来は、代金を返してやる。

その一件から、落柿舎という名がつけられたのだ。いかにも、去来らしい話である。

朝霧が晴れるにつれ、眼前の嵐山は、青松、樫、椎などの樹林が緑の濃淡を重ね、巨大な緑の屏風さながらだ。

下方の大井川の清流は、朝陽に川面をきらきらと輝かせている。

芭蕉は、帰路、田畑の小径を辿りながら、ふと前方の黒い土中から、朝露に濡れた眞桑瓜が、青白い頭をのぞかせているのに目を止める。

それを引き抜くと、井戸水のある洗い場まで持ち帰った。

落柿舎に起居することは、まさに清閑な時空に遊ぶに等しい。

俗世の喧騒を離れ、四六時中、俳諧という内的世界に浸ることが出来るのだ。そして時には、仲間たちと句作を楽しみ、俳聖の誘いに応じて、机の前に座り込む。

俳諧三昧と云ってよい。

だが、元禄七年六月三日。その至福の日々が、晴天霹靂《へきれき》とも云える驚愕とともに、突然破られたのである。

寿貞尼死す——。

魂を引き裂くような訃報が、江戸から届いたのだ。

芭蕉は自失したまま、天を仰ぐ。

「寿貞無仕合せもの。まさ、おふう同じく不仕合　とかく申し尽くし難く候……何事も何事も夢まぼろしの世界、一言理屈はこれなく候」

窓際の文机の前で、芭蕉庵で暮らす寿貞尼母子の面倒を見ていた猪兵衛《いへえ》宛にこう綴るのが、精いっぱいであった。

二十三　芭蕉

月に叢雲《むらくも》。

琵琶湖の湖面は、黄金色の月光が、金、銀のさざ波を、乱反射させている。

湖上の小舟には、船頭と芭蕉の二人が乗船しているだけだ。

岸辺には、膳所藩の天守閣と石垣の美しい連なりが遠望出来る。

閑寂そのものだ。

芭蕉は湖面に手を浸すと、指をすり抜ける水の感触をたのしんだ。

膳所藩の商人である正秀《まさひで》の計らいで、琵琶湖に舟を出してもらったのは、寿貞尼の訃報に接した二十日後のことだ。

こんなにも自然で、孤独に溶け込めることは、久しくない。

芭蕉の周辺にはいつも人がおり、頭には俳諧がある。

今は、皆無だ。

寿貞尼の死が図らずも、特別な時間を紡ぎ出してくれたのだ。寿貞尼の死がなければ、こんな形で解放されることはなかっただろうし、自分もまた、求めることはなかったに違いないから。

再び、周辺の山並みに眼を凝らす。

右手の彼方に、角張った山陵が目に入る。

比叡の山並みだ。いかにも雄々しい。

それに比べ、左手の東山の風情は、ふんわり布団を被せたようにふくよかだ。

どちらの景色も、中国の詩聖たちが歌に歌った、洞庭湖《どうていこ》の景観に劣らぬ美しさだが、芭蕉は、ふと、石山寺に籠もり、源氏物語の想念を得たという紫式部のことを想い起こしていた。

光源氏という絶世の美男を主人公に、愛の涅槃と煉獄を、美しい筆致で描いた紫式部は、どんな女性だったのだろう。

それは自分が避けた男と女の領域だ。

自分にとっては、貞のことで全てがおわり、言葉が入る隙間は無くなったのだ。

その貞も、今は、もういない。

そして桃印も。

「少し、風が出てきたようですが、寒くはないですか?」

船頭が声をかけてくる。

「ああ、大丈夫だよ。でも、充分に贅沢な時間を堪能出来たから、ぼつぼつ、戻りますかな」

舳先《へさき》が反転する。


船着き場に戻ると、支考と惟然が飛び出してきた。

駕籠で無名庵に案内してくれるらしい。

無名庵は三年ばかり前、近江の門人たちが義仲寺の境内に新築してくれたもので、居心地のよい、好みの庵だ。

その居室に寛ぐと、頭陀袋から素龍が清書した『おくのほそ道』の冊子と持仏を取り出し、机の上に並べ置く。

『おくのほそ道』は、積年の思いである不易流行を形にするため心血を注いだ蕉風の理想と云えるものだ。

しかし、その出来、不出来は、神ならぬ身の自分には計り知れない。

桃印や貞という犠牲を払い、我が身を責め抜いて書き上げたとは云え、その真価を自ら感得することは出来ない。

この道を行く者の、それが宿命なのだ。

小仏は、月明かりを受け、眩しいまでに神々しい。

そして素龍の筆致は、夜目にも鮮やかで、力強い。

芭蕉は、『おくのほそ道』の行く末を、すべて去来に託そうと考えながら、西行、宗祇らのそれと同じほどの価値あれかしと、いつまでも両手をあわせて祈るのであった。

二十四　芭蕉

義仲寺草庵の滞在から四十日あと、芭蕉は故郷の菩提寺、愛染院に集まった縁者たちと一堂に会していた。

先祖供養のためであり、寿貞尼の新盆でもある。

一方、二郎兵衛は、母親の死を落柿舎で知った後、すぐさま、江戸へ立ち、滞在数日で葬儀一切をすませ、位牌、遺骨を胸に、義仲寺で待つ芭蕉と合流し、一緒に故郷へ帰ってきたのだった。

境内の緑は、瑞々しい。

それに比べ、縁者たちの頭髪には、秋のすすきにも似た白髪が目立っていた。

数ならぬ身とな思ひそ玉祭り

芭蕉は思わず、そんな一句を口ごもりつつ、位牌に手をあわせる。

こころの叫びだ。

だがそれは、墓参に居あわせた縁者には、無縁の感情と云ってよかった。

いや、むしろ真逆だ。

縁者にとっての寿貞は、桃印を若死にさせ、二人の子らを残して他界した、身持ちのよくない女というのが、偽らざる気持ちだからだ。

芭蕉は、二郎兵衛を見る。

江戸を出たのは、五月初旬だったから、まだ二か月ばかりしか経ってない。

なのに、まるで顔つきが違ってきている。

頼もしさが増したのだ。

「二郎兵衛や。ちょっといいかな」

招き寄せると、縁側から庭へ出た。

熱く焼けた碁石ほどの玉砂利が、庭下駄の下で軋んだ音を響かせる。

庭を横切り、灌木が茂る築地の脇をぬけて、さらに奥へ進む。

「今度の御用は、何かと大儀であった。そなたの働きで、無事、新盆を迎えられて、ここ
ろから感謝しておるぞ」

池のほとりまで来て、恰好な石を見つけると、腰をおろした。

――こんなに大きくなって。

ひとり呟く。

貞が二郎兵衛を連れ、小田原町の居宅にやって来た時のことが、今更ながら思い出され
たからだ。

二郎兵衛は、六歳。

貞は三十三歳。

「お前のお母さんは、綺麗な人だった。子供のお前には判るまいがな」

「………」

「そんなお母さんを、不憫な形で死なせてしまった。みんなわしが悪いのだ」

「そんなことは、ありません」

二郎兵衛は、小さく、しかし、激しく頭を振る。

強い口調で、断言した。

「誰も悪くはありません。私にはよく判るのです」

足元で、鯉が跳ねる。

エサにありつけないと判ると、尾ひれを翻し離れていった。

「二郎兵衛は、どうして、そう思うのだね」

「なぜって？」

少し言葉をのむ。

「みんなよい人だからです。私の母親も、桃印父《トウ》さんも、芭蕉の小父さんも、みんなよい人ばかりじゃないですか。すべて運命としか云いようがありません」

芭蕉は懐紙を出し、チンと音を立てると、袂へいれた。

「そう云ってもらえると、本心から嬉しくなるのう。お前は赤子の時分から、時に応じて、三人の育て親を見て育ってきた。その境涯にありながら、そんな風に思えるのなら、きっと幸福な人生がやって来るに違いなかろう」

空を見上げる。

綿雲が白い尾を曳き、流れていく。

その綿雲に眼を凝らしながら、不易流行はここにもあると実感していた。

「もう一つ、聞いてもよいかな」

「勿論です。なんでも聞いて下さい」

「桃印のことだが、元気な頃は、どんな風だったかね？」

「どんなって？」

「つまりお前の母さんと桃印は、仲よしだったかね」

「…………」

二郎兵衛は、下を向く。

しばらくして、芭蕉を見た。

「ええ、いつも幸せそうでした。父《トウ》さんは、子供好きでしたから、手がすくとよく、遊びに連れて行ってくれるのです。それで、家に帰ると、母さんはお膳の支度を整え、待っていてくれました」

「そうか、そうか」

芭蕉は、再び、懐紙を取り出した。

「やっぱり、一番の悪党はこのわしだなあ」

「そんな」

「いや、そうであるに違いない。俳諧などという魔物に魅せられたばかりに、この世で一番大切にせねばならぬ、生きる機微を蔑《ないがし》ろにした罪は、どんなに償っても償いきれるものではないぞ……」

芭蕉は、骨ばった掌を二郎兵衛の肩に置く。嗚咽をこらえるように、震わせた。

「小父さん、大丈夫ですか？」

「……」

「家族の中で、芭蕉の小父さんを悪く思うものは、誰もいませんよ。そんな風に自分を責めるのは、止めてください」

二郎兵衛はそう訴え、芭蕉の背中に優しく手を添える。

「ありがとう。ありがとう。もう大丈夫だ。胸のつかえがすっかり取れて生き返ったようだ。そろそろ、戻ろうか」

光眩しい、玉砂利の庭へ、踵を返した。

二十五　芭蕉

菩提寺の愛染院から戻った芭蕉は、兄の半左衛門の家で一両日を過ごした。

だがすぐに、伊賀門人の手で建てられた草庵に落ち着くことになる。

兄の家では、門人たちの対応も儘ならず、何かと支障をきたすからである。

草庵では、折に触れ俳席が持たれ、時には門人の屋敷に招かれて、一夜を過ごすこともある。

夜は夜で、書簡の返信をすませたり、門人たちの句に目を通し、一句、一句の添削に意を凝らさなければならない。

それは、芭蕉と作者との、凌ぎを削る激しい応酬である。

そんな濃密で多忙な日々を送り、多数の門人が参集した月見の宴を終えて、大坂へ向かったのは、九月八日のことであった。

笠置《かさぎ》から加茂までは、木津川を行く川船に乗り、奈良へ入る。随行したのは、支考、惟然、半左衛門の養子の又右衛門、二郎兵衛である。

旅立ちの日を九月八日にしたのは、九月九日、重陽（菊の節句）の日に、奈良を通過するためである。

その日は奈良に泊まり、翌日、大坂へ向かい、高津の宮の洒堂邸に落ち着くが、数日して、西横堀東入ル本町の之道《しどう》邸に宿所を移すことになる。もともと来坂の目的の一つに、近頃、反目《はんもく》が目立つ洒堂と之道の和合を図ることがあった。之道邸へ宿所を替えたことには、そんな流れもあった。

そしてこの後、芭蕉は寒気、熱、頭痛に襲われ、同じ症状が幾日も繰り返すことになるのである。

「二郎兵衛や、またいいかな」

「はい。只今」

部屋には誰もいない。

先ほどまで枕元に侍っていた支考も惟然も、今は退室している。

何か打ち合わせでもしているようだ。

二郎兵衛は足元へ膝行《しっこう》し、かけ布団をめくり上げる。

寝巻の裾を左右に開くと、下半身をむき出しにした。

「寒くありませんか」

「そんなことはない。空気に晒されて、なかなか乙《おつ》なものだよ」

「お湯を用意し、温かい布でお拭きしましょうか」

「それには及ばぬ。そんなことをしたら、支考たちが戻ってくるではないか」

「…………」

「お前と二人きりがいいのだよ」

芭蕉は、二郎兵衛が作業し易いように腰を上げ、少し動かす。

おむつを替える時の赤ん坊の要領だ。

二郎兵衛は、新しいおむつを器用に扱い、前から後ろまで汚れをふき取った。

「この次は、お湯を用意します。今は、これでご勘弁を」

「よいよい。これで充分じゃ。邪魔が入らぬ内に鬼の洗濯じゃよ」

芭蕉はクスリと笑う。

悪戯小僧さながらに、肩をすくめた。

「哀れなものじゃな」

「何のことでございますか?」

「見てごらん」

芭蕉は、腕を伸ばして股間を指さす。

指先を軽く動かした。

臍《へそ》の周辺は肉が全て陥没し、皮だけが骨盤にへばりつくように、垂れている。

陰毛は白く、まばらだ。

その中に、梅干し状の肉径が、蹲《うずくま》るように顔をのぞかせていた。

「あの頃が懐かしい。お前がお母さんに手を引かれ、わしの家へやって来た頃がな」

幾分、声を詰まらせる。

「お前は、まだ五、六歳で、こいつもまだ元気だった。今では『軽み』の極致じゃよ」

指先でつまみ上げる。

寝巻の裾を整え、布団をかけるように促した。

「これだけは、云っておきたい。わしは、お前のお母さんに会えて、本当によかったと思っていることを。それから、お前にこうして下の世話までしてもらえることを、こころから喜んでいるよ」

芭蕉は慈悲深い表情で、微笑んだ。

その時、襖の外で足音がし、支考と惟然が帰ってきた。

相談をすませたらしい様子が窺える。

「あの、芭蕉さま」

支考が、小声で囁きかけた。

「芭蕉さまのご病気は、一向、回復の兆しが見えません。ちゃんとしたお医者さまに来ていただいたほうが、よろしいのではないかと？」

惟然が頷いた。

「私どもが、町の薬店で求めた薬では、よくなるものも、よくならないと思われるのです……」

芭蕉は答えない。

ぼんやり天井の板目を眺めている。

支考が再び話しかけた。

「それなりに名のあるお医者さまに診察して貰うのが、一番いいのではありませんか？」

二郎兵衛が水を含ませた白布で、口元を湿らせる。

芭蕉が口を開いた。

「支考、ありがとう。お前たちのこころ遣いには、大いに感謝している。だが、その考えには賛成しかねるぞ」

眉を顰《ひそ》め、すぐに話を続けた。

「医者を呼ぶなら、木節《ぼくせつ》がよい。長いつきあいで、わしの身体のことはよく知っている。いかに評判の高い名医でも、木節みたいにはゆかないだろうからのう」

軽く咳き込み、収まるのを待って、

「木節と一緒に、去来を呼んで貰えると、ありがたいな」

と、つけ加えた。

支考と惟然は、喜び勇んで退出する。

即刻、木節のいる大津、去来のいる京へと飛脚が出された。

しかし、どんなに早くても、手紙が届き、二人が駆けつけるまでには、幾らかの時が必要と思われる。その間に、芭蕉の宿所を移そうという案が急に持ち上がった。

いま滞在している之道邸は、普通の民家で手狭である。見舞客が大勢来た場合など、挨拶も儘ならず、使い勝手はまことに悪い。

思案の結果、之道の家にほど近い、花屋仁右衛門の裏座敷を貸して貰うことで意見が一致したのだった。ここは、数寄を凝らした屋敷である上、間数が多く、天井や欄間などの細工も細かい。多くの客人に対応出来る。

その分、二郎兵衛はてんてこ舞いになる。座敷で必要な調度品や、来客用の日常雑貨、注文や受け取りなど、要所を押さえておかねばならぬ。

さらに引っ越しの当日、芭蕉の下痢は二十七回にも及ぶ。

去来がやって来たのは、二日後の十月七日のこと。

すぐに木節も到着する。

そして、芭蕉、去来、木節の三人は共に抱きあい、泪を流しながら、これからの気力の充実を、念じあったのである。

二十六　芭蕉

病の経過は、一進一退。

いや、冷静に観察するなら、悪化しているというのが本当のところだったろう。

花屋仁右衛門の玄関の格子戸に、一枚の紙が張り出されたのは、十月七日の朝であった。

見舞客に向けたもので、せっかくの来訪、大変ありがたく受け止めるが、病の進行上、座敷へ通るのは遠慮してほしいという案内文である。

ほとんどの見舞客は、これに従った。

だが、全ての客が張り紙どおりに行くものではない。

七日に到着した丈草《じようそう》、乙州《おとくに》、正秀《まさひで》といった門弟たちがそれであった。

寿貞尼が他界した直後、琵琶湖湖畔での舟遊び、義仲寺での休養など、親身に世話を焼いてくれたのが正秀である。

彦根藩士の森川許六とともに、その信頼の深さは、他の門人たちとは、いささか類を異にするものがある。

彼等の願望は受け入れられ、病床近く通されるとともに、別室での宿泊も可能になった。それにつれ、二郎兵衛の仕事は、いや増しに増す。

芭蕉の介護のほか、日常の雑事や食事の世話、夜具や夜着の用意など、やるべきことは山ほどある。

だが、二郎兵衛の対応に抜かりはない。

江戸を出てから、芭蕉にかしづき、いろんな気配り、段取りなどこまごまと教えられてきたため、見違えるほど成長を遂げていた。

同じく七日には、鬼貫《おにつら》はじめ、園女《そのめ》、荷中《かちゆう》、渭川《いせん》など親しい門人たちが見舞いにやって来る。

だが、彼等に対しても、玄関の応接ですませるほど、芭蕉の病状は衰えを増していたのである。

その日の夜半、正秀、乙州が去来に相談を持ちかけてきた。

「万一、蕉翁が泉下の客となられた場合、蕉風の風雅はどうなるのでしょう。我らはそこが気がかりで、急ぎ、病床へ参じました。せめて、辞世の句でもお聞きかせ願えれば、ありがたいのですが……」

去来は、芭蕉の病状を慎重に見守りつつ、時を見て、その旨を訊ねてみた。

芭蕉の答えは、こうであった。

「きのうの発句は、きょうの辞世、きょうの発句は、あしたの辞世、われ生涯、いいすてし句々、一句として辞世ならざるはなし。若し我が辞世いかにと問う人あらば、此の年頃、いいすて置きし句、いずれなりとも辞世なり……」

芭蕉が語る間、二郎兵衛はしっかりその身を抱き、時折、口を潤し、呼吸が整うようにこころを配る。

門人たちは、翁の確信に満ちた、凡人ならざる言葉に、ひたすら感嘆の息を呑んだのであった。


十月九日。

衰弱はいよいよ激しく、窮極の様相を呈してくる。

下痢の回数は数知れず、いつ臨終をむかえても、不思議ではなくなる。

そんな中、門人たちは、最後のありさまが、見苦しくないようにと、垢のついた衣類、夜具など、すべて真新しいものに取り換えることにした。

芭蕉は、礼を述べた。

「わしは、辺地の海辺のほとりに芝草を敷き、土くれを枕として、終わりを遂げる身の上なのに、こんなに美しい褥《しとね》の上に、しかも去来など多くの門人らに看取られ、賑やかに鬼籍に入れるとは、まったくこの上もない幸せのことである」

翌十日。

人々は、臨終近しと覚悟を固め、遺言を賜る準備に入った。

芭蕉自身も、死期を悟り、行水を望む。医者の木節は、それはなりませぬと、自制を促すが、切に望まれたため、湯を持ち込み、身体が清められる。

準備は整った。

芭蕉は、去来、丈草を正面に招き、乙州、正秀を左右にし、支考、惟然に筆を執らせて、おのれが亡きあとのことを、こまごまと遺言する。

ことに伊賀に在る兄半左衛門には、手づから筆を執って、書き遺した。

その姿は、病苦いささかも窺えず、奇異に思えるほど端正である。

筆を執る間、二郎兵衛がしっかり抱きかかえ、芭蕉はその胸に依りかかるようにして墨書した。

其角が来たのは、翌日の十月十一日であった。

芭蕉の病気のことなどつゆ知らず、伊勢神宮参拝をすませ、近畿地方への旅行の後、大坂までやって来て、たまたま状況を知り駆けつけたのだ。

いかにも其角らしい、稀有な偶然と云えるものだ。

病床に通された其角は、骨と皮ばかりになった芭蕉に対面し、まずは命あることを喜び、一方で、あまりに変わり果てた姿を嘆き、悲しむ。

芭蕉も、泪ぐむ。

だが、逢瀬が嬉しいことに、変わりはない。そのせいか、この日は、いつもと様子が違った。

黄昏時、突然、夢から覚めたように身を起こすと、粥を望んだのだ。

食事は朔日いらい久しぶりである。

二郎兵衛は、すぐさま粥を炊き上げ、中高椀に盛りつける。

芭蕉は、旨そうに、食した。

門人たちも、大いに喜び、それぞれが句を作り、師翁を慰めたりする。

芭蕉もことのほか機嫌よく、「丈草の句、出来たり」などと称賛したりしたが、この極上の一刻が長く続くことはなかった。

夜半より容態は急変し、最早、望みの持てぬ状態に陥ったのだ。

芭蕉は夢の中を、さすらっていた。

そこがどこなのか、定かではない。

ただ、見渡すかぎり、一面枯すすきに覆われ、風に揺れている。

「……おじさん」

背後で、可愛らしい子供の声が響く。

二郎兵衛だろうか。

「もう、戻りましょうよ」

その声に気をとられつつ、芭蕉はさらにすすきの原を前へ進む。
行く手は二又に分かれており、一方の道に、
〝旅に病んで、夢は枯野をかけ廻る〟
と書かれた道しるべが立ち、もう片方には、
〝なほかけ廻る夢心〟
と、ある。
はて、どちらへ行ったものか？
天を仰ぎ、長考に入る。
「もう、戻りましょう」
「お前なら、どっちの道を選ぶかい？」
芭蕉はふり返って、二郎兵衛に話しかける。
勿論、返事はない。

元禄七年（一六九四）甲戌、十月十二日、申の中刻（午後四時頃）。
芭蕉永眠。
五十一歳であった。

此道や行く人なしに秋の暮

参考文献（順不同）

『芭蕉「かるみ」の境地へ』（田中善信　中公新書　二〇一〇）
『芭蕉二つの顔　人と俳聖と』（田中善信　講談社選書メチエ　一九九八）
『永遠の旅人　松尾芭蕉　日本の作家26』（白石悌三、田中善信　新典社　一九九一）
『芭蕉年譜大成』（今栄蔵　角川書店　一九九四）
『芭蕉庵桃青の生涯』（高橋庄次　春秋社　一九九三）
『芭蕉翁の一生』（小林一郎　大同館書店　一九二一）
『蕉門の人々』（潁原退蔵　大八洲出版　一九四六）
『『おくのほそ道』を読む』（平井照敏　講談社学術文庫　一九九五）
『芭蕉嵯峨日記の旅』（堀瑞穂　朝日ソノラマ　一九九三）
『数ならぬ身とな思ひそ　寿貞と芭蕉』（別所真紀子　新人物往来社　二〇〇七）

『連歌師宗祇』（島津忠夫　岩波書店　一九九一）
『河村瑞賢』（古田良一　吉川弘文館　一九八七）
『江戸深川情緒の研究』（深川区史編纂会編　有峰書店　一九七一）
『新訂　おくのほそ道　附現代語訳／曾良随行日記』（潁原退蔵、尾形仂訳注　角川文庫　一九六七）
『遊女の生活』（中野栄三　雄山閣出版　一九六五）
『芭蕉大概』（五十嵐義明　日本図書刊行会　二〇〇〇）
『芭蕉入門』（井本農一　講談社学術文庫　一九九二）
『日本古典文學大系46　芭蕉文集』（杉浦正一郎、宮本三郎、荻野清校注　岩波書店　一九五九）
『芭蕉書簡集』（萩原恭男校注　岩波文庫　二〇〇五）
『芭蕉連句集』（中村俊定、萩原恭男校注　岩波文庫　一九七五）

円上行元（えんじょう ゆきもと）――昭和三十四年（一九五九）から昭和四十二年（一九六七）まで早稲田大学にて哲学と演劇を学ぶ。フリーライター、構成作家、古美術雑誌編集長を経て、編集プロダクションを設立。のち閉鎖し、小説を書き始める。著書に『上海イリュージョン』（樹花舎）。日本作詩家協会会員、日本音楽著作家連合会員。

不易《ふえき》の恋《こい》

芭蕉庵《ばしょうあん》・桃青《とうせい》

二〇一七年十月十七日　第一刷発行

著　者　円上行元

発行者　田尻　勉
発行所　幻戯書房
郵便番号一〇一－〇〇五二
東京都千代田区神田小川町三－十二
岩崎ビル二階
電　話　〇三（五二八三）三九三四
FAX　〇三（五二八三）三九三五
URL　http://www.genki-shobou.co.jp/

印刷・製本　中央精版印刷

ISBN978-4-86488-130-2　C0093